熱砂の王子の不機嫌な愛情

Yoneka Yashiro
矢城米花

CHARADE BUNKO

Illustration

陸裕千景子

CONTENTS

プロローグ

「俺の愛人にしてやろう。自分がまれに見る幸運を射止めたことを喜べ」

たわけた言葉を吐く男の顔を、巽《たつみ》冬真《とうま》は無言で見つめた。

英語だったが意味はわかった。返事をしなかったのは、こんなことを男の自分に向かって堂々と言い放つ神経が理解できなかったからだ。ここはいかがわしい店でも酒席でもなく、午後の日差しに芝生が輝く庭であり、しかも自分は樹医としての仕事中である。

冬真が中東ザムファ王国に来たのは、国王に樹木治療を依頼されたためだった。

東京から飛行機を乗り継いで首都の空港へ着いたのが今朝《けさ》で、迎えの車に乗って離宮へ来たあとはスーツを作業着に替え、すぐリンデンの様子を見に庭へ出た。和名を西洋菩提樹《ぼだいじゅ》という広葉樹で、条件さえよければ三十メートルぐらいに育つ。しかし今の高さは十メートルというところか。元気であれば芽吹きが美しい時期だが、樹勢が弱っていて新しい葉が見当たらない。

今まで木の世話をしていた庭師たちに、話を聞いていた時だった。

中庭へ冬真を案内してきた召使いが、建物の方を見て身をこわばらせたかと思うと、地面に膝《ひざ》をついて拝礼した。庭師たちも一斉にひざまずく。

視線をめぐらせると、数人の男が中庭へ出てきたところだった。先頭にいるのは豪奢《ごうしゃ》なアラブ服に身を包んだ男だ。年は二十七か八か、三十は越えていまい。当惑して立ちつくす冬真の前へまっすぐ歩いてきて、値踏みする目つきで眺め回したあと笑みを浮かべた。

「悪くないな」

そう言ったかと思うと、自己紹介もせず冬真の名も聞かず、いきなり『愛人にしてやる』と言い放ったのだ。

自信満々な笑みを浮かべる相手を、冬真はじっと見据えた。

男の正体は知っている。日本でザムファ王国について調べた時に、この野性味のある荒削りな美貌《びぼう》を画像で見たし、庭師や召使いの恭しい態度が本人に間違いないと教えている。

(第二王子の……サディードだったか?)

周囲を圧倒する存在感は、堂々とした態度のためだけでなく、長身で肩幅が広く逞《たくま》しい体つきのせいもあるだろう。カフェオレ色の肌に、陽光を受けて煌《きら》めく金髪が映える。彫りが深い顔の中、青い瞳《ひとみ》は意志の強さを感じさせる強い光を宿し、そのくせ厚めの唇が甘くて艶《つや》めいた気配を漂わせている。もし俳優になれば恋愛映画でも大スペクタクル映画でも、主役が務まるに違いない。

「どうした。日本語しか使えないのか？　リズク、通訳を呼べ」

返事がないので苛立《いらだ》ったのか、男は濃い眉《まゆ》をひそめて急《せ》かしたあと、後ろに控える側近らしい青年を振り返った。冬真は急いで英語で応《こた》えた。

「英語はわかります。この木の治療を依頼されて日本から参りました、冬真・巽です。サディード殿下でしょうか？」

「そうだ。ザムファ王国第二王子、サディード・ビン・イスマイル・アルズワリール。つまりこの離宮の主だ。それで、返事は？」

冗談ではなく、本気で言っているらしい。この王子は馬鹿だろうかと冬真は思った。

中東諸国の例に漏れずザムファもイスラム教を国教としている。イスラムでは豚肉やアルコールの摂取、一定年齢以上の男女の同席などを禁じているが、他にも数多くの禁忌があり、その中には同性愛も入っていたはずだ。それなのに大勢の召使いや庭師がいる前で、自分を誘うとは何を考えているのか。しかも普通なら会話や食事で親しくなろうとするだろうに、順序を踏まずにいきなり『愛人になれ』だ。第一、自分は同性愛傾向ではない。

「たちの悪い冗談はおやめください。今忙しいので」

不快な気持ちが先に立ち、ついつい言葉の選び方が冷たくなる。だがサディードは楽しげに笑い、さらに一歩近づいてきた。冬真の顎《あご》に手をかけて上向かせる。

「いい態度だ。気の強い奴を口説《くど》き落とす過程は楽しいからな。気に入った」

「ちょっ……放してください！」

「寝所へ来い。お前が庭師のような仕事をしているのが間違いだ。その顔にそんな薄汚い色の服は似合わんぞ。鏡を見てみろ。シルクのシャツ、いや、ドレスの方がよほど似合う」

怒りに体が熱くなった。男の自分に向かって『寝所へ来い』という暴言も許しがたいが、作業着が似合わないと言われたのが決定的だった。体質なのか、どんなに鍛えようとしても体は細身のままだし、顔立ちは小作りで女性的だ。もっと男らしい外見がほしいと思い続けていた。その劣等感をサディードはまともに突いた。当人が男性的な容貌だから一層腹が立つ。

「ふざけるな！」

我慢の限界に来て、冬真は男をどなりつけると同時に手をはたき落とした。サディードが目をみはり、庭師たちが息をのむ。

冬真は一歩下がって距離を置き、サディードをにらみつけた。

「ご覧の通りこの木は重症です。治療を急がなければなりませんし、滞在期間も限られています。邪魔をなさらないでください」

「素っ気ないな。何も結婚しろと言っているわけじゃない。軽い遊びだ。俺が相手では不満か？」

「僕がこの国へ来たのは遊びではなく、木を治療するためです。依頼主は殿下の父君です」

この国へ来る前に、ざっと中東の風習や慣例について調べた。昔の日本以上に、長幼の序について厳しいお国柄だという。いくらサディード王子が強引でも、父の命令を受けて働いている者に、無茶な真似《まね》はできないだろう。そういう含みを言外に持たせた。

予想通りサディードはいやな顔をしたが、すぐ引き下がる気にはならなかったらしい。

「何人もの樹医が匙《さじ》を投げた木だ。治療しても無駄だろう。こんなものに必死になる父上がどうかしている」

つまらなさそうに言って木の幹を軽く叩《たた》いたあと、再び冬真に視線を向けてきた。

「生き返らせるのは無理だ、斬り倒せと進言すればいい。空いた時間は俺につき合え。泥まみれで木の世話をしているより、俺についた方が得だし、いい思いができるぞ」

「ご忠告はありがたく受け取っておきます」

いい加減、相手をしているのが面倒くさくなった。アラブの国は日本と違って昼夜の気温差が激しく、戸外で過ごしやすい時間帯は短い。時間を無駄にしたくなかった。サディードに背を向けて冬真は木の根方にかがみ込んだ。怒るかと思ったが、聞こえてきたのはくすくす笑いだ。

「日本人は仕事熱心と聞いていたが、その通りだな。面白い。金や宝石に目がくらんで簡単になびく連中より、ずっと楽しめそうだ」

冬真の拒絶をまったく気にしていない言い草に、腹が立つ。だが言い返そうとした時、どこかで着信音が鳴った。サディードの斜め後ろに控えている青年が携帯電話を取り出して二言三言受け答えをし、主に渡す。短い通話をすませてサディードはにやりと笑った。

「用ができた。残念だ。……またな、トーマ」

サディード一行が立ち去ると、庭師の間からほっとしたような溜息《ためいき》が漏れた。冬真の苛立ちはまだ消えない。

「本当に、あれで王子なのか？」

「あれなどと……無礼ですよ。第二王子のサディード様に間違いありません。十二年前に第三夫人のマルーシャ様が亡くなられてから、ずっとここでお住まいなんです。そばについていたのは侍従のリズク様で、あとの二人は殿下づきの召使いです」

庭師は生真面目《きまじめ》に答えてきた。第三夫人のマルーシャは東欧出身という話だった。その血がサディードの金髪と青い眼《め》となって現れたのに違いない。

(国王は夫人の思い出の木だと言っていたが……サディード王子にとって母親の形見だろうに、どうでもいいような態度だった)

離宮の主が協力してくれるかどうかで仕事のしやすさは格段に変わる。枯死しかけた樹木の治療というデリケートな作業を、慣れない外国でするため気を張っているのに、同性から口説かれるなどという厄介ごとがくっついてきたのでは——。

(……いや、あまり先走って気に病むのはよそう。僕の悪い癖だ。冗談だったのかもしれな

いし、あの王子なら相手に不自由しないだろうから、断り続けていれば気が変わるはずだ）

冬真はリンデンに視線を戻し、幹に手を当てて心の中で語りかけた。

いつもの習慣だ。人間の患者を診《み》る医師が最初に挨拶《あいさつ》をするように、樹医もまた木に敬意を払い、協力を願うべきだと思っていた。

（治療のために腐った根を取ったり枝を切ったりするけど、受け入れてほしい。枯れないでくれ。国王陛下は君に治ってほしいと願っているよ。誰もが君の快復を願って……）

斬り倒せというサディードの冷淡な言葉が脳裏をよぎった。冬真は慌てて、あの顔と声のイメージを打ち消した。

1

もともと、今回の依頼は冬真に来たものではなかった。冬真が所属する大学の教授であり、樹医としても有名な白川《しらかわ》教授宛《あて》だった。教授はＫ大学農学部植物学科で教鞭《きょうべん》を執るかたわら、樹医としての活動もしている。

冬真は最初、品種改良に関する研究がしたくて農学部に入ったのだが、教授の活動をそばで見ているうちに、木の一本一本と会話をするかのような樹医の仕事に興味を持った。研究のかたわら時間を作って『樹木医』の国家資格を取り、白川教授の治療に同行するようになった。同じ樹種が似たような弱り方をしていても、生えている場所、日照時間や風通しの具合などで、根本原因も治療法もさまざまだ。適切な治療によって木が快復した時の喜びは何にも代えがたい。

冬真は樹医の仕事に魅了された。教授も冬真のセンスを買い、仕事ぶりが熱心だと褒めてくれていた。そんな時に中東の小国、ザムファ王国の国王から教授に対し、『離宮の中庭にあるリンデンを治療してほしい』という依頼があったのだ。

リンデンは日本には少ない樹種だ。さらに、樹木の治療と気候風土は切っても切り離せない関係にある。日本でも地域によって寒暖の差や降雨量などの違いはあるけれども、基本的な知識は持っている。この季節ならこの程度の湿気があり、土の乾き具合はどのくらいになるとか、昼夜の気温はこう変化するからこう防ぐとか、起こりうる事態を予測して予防手段を取れる。しかしアラブの国ではそうもいかない。データが少なすぎる。

なぜわざわざ日本の樹医に頼むのかと思ったが、ヨーロッパの著名な樹医にはすべて当たってみたとのことだった。しかし皆、「諦《あきら》めて新しい木を植えるしかない」と返事をしてきたという。

同じ樹医といっても日本と欧米ではスタンスが大きく違う。

欧米の場合、樹木を治療する目的は並木や庭園の景観を守るためであることが多い。枯れかけた木にはさっさと見切りをつけて除去し、景観を崩さないよう新しい元気な木を植える。逆に日本では特定の樹木に愛着を抱き、生き長らえさせようと腐心する。その点を見込まれたらしい。

しかし白川教授は、半年前に胃癌《いがん》の手術を受けたばかりだった。早期発見で術後の経過はよかったが、食が細く疲れやすくなった。海外へ行ける状態ではない。

そこで教授が代わりに推薦したのが、講座で助手を務める冬真だった。

自分にできるのかという不安はあったが、教授がそこまで自分を見込んでくれたのは嬉《うれ》しいし、期待に応えたいと思った。そして二ヶ月間滞在の予定でザムファ王国へ来たのである。

初日は調査をしただけで日が暮れてしまった。

与えられた客室に戻ってデジタルカメラをパソコンにつなぎ、今日撮った写真を整理し、対策を考え始めたが、ついつい溜息がこぼれてくる。

リンデンは多少の日陰地でも耐えるし土質を選ぶこともない、育てやすい木だ。しかし夏の暑さに弱いという欠点がある。

よく手入れされた広い庭の中央に植えられていたリンデンは、茂りに乏しく、残っている葉も萎《しお》れて生気がなかった。樹皮が割れて木質部が露出していたり、叩くと残響が聞こえる部分もあった。中が腐敗して空洞ができているのだろう。人間なら即刻入院となる病態だ。

（どうしたものか……庭師頭のアブドゥルによく話を聞かないといけないな）

中年の庭師は、リンデンが弱ったのは自分の責任だとひどく心を痛めている様子だった。しかし今日話を聞いた限りでは、アブドゥルが心を込めて世話をしていたのはよくわかった。植え替えて十数年、よくもたせたと感嘆したくなる。昼夜で寒暖の差が大きすぎるアラブの気候、特に昼間の暑さが木を痛めつけてしまったのだ。

よその国から来た若僧が、というふうに素っ気なくあしらわれたら困ると思っていたが、アブドゥルは木のことを一番に考えている様子だった。あれなら快く協力してくれるだろう。

（むしろ、あの男の方が面倒かもしれない）

自分を見るなり『愛人になれ』と言った王子のことを思い出し、冬真は顔をしかめた。

（何が『俺では不満か』だ。自信家にもほどがある。……それはまあ、あの王子なら女性や男色家にはもてるのかもしれないけれど）

公平に判断して、彼が魅力的なのは認める。自分を見据えた瞳には猛獣を思わせる威圧感がにじみ、傲岸不遜《ごうがんふそん》ではあったが、彼には王侯らしい威厳と生まれついての気品が備わっていた。

（……雰囲気で言うと、リンデンに似てるかな？）

リンデンは樹勢が強く、特に剪定《せんてい》しなくても自然に任せておけば、枝葉を大きく拡《ひろ》げ、力強く気品のある樹形を作る。そして開花時期には甘いにおいを漂わせて、人の心を惹《ひ》きつけるのだ。

王者の気品とでも呼ぶべきものをまとい、強引で傲慢で、そのくせどこか甘いサディードの雰囲気は、枝が細くて繊細な柳や、花の儚《はかな》さ美しさで人を魅了する桜とは違う。かといってヤシの木でもない。やはり一番近いのはリンデンの――。

(馬鹿馬鹿しい。あんな色魔男を例えたりしたら、リンデンに失礼だ)

仕事の邪魔はされたくないが、離宮の主とあっては無下にも扱えない。面倒な相手だ。

(こういう、仕事以外の面で集中力を削《そ》がれるのが一番困る)

一層顔をしかめた時、ノックの音がした。召使いの少年、ミシュアルだった。考えごとをするから一人にしてほしいと頼んであったが、客人をあまり長く放っておくのもよくないと思ったのか、飲み物を持ってきてくれたらしい。年は十五、六だろうか。召使いにかしずかれる生活など初めてで面食らったが、右も左もわからない他国での生活で助かるのは確かだ。気が利くのに出しゃばりすぎない態度と、明るく利発そうな瞳が好ましかった。

(この子に尋ねてみようか、あの王子のこと)

離宮に雇われている立場だから主の悪い噂《うわさ》は聞かせてくれないかもしれないが、大雑把な部分だけでも知っておきたい。コーヒーを一口飲んでから、問いかけてみた。

「ミシュアル。あの王子は冗談が好きなのか？　その……男同士なのに誘いをかけるようなな」

空になった銀盆を抱えてミシュアルは苦笑した。

「サディード殿下にお声をかけられたのですね。イスラム教では禁忌なので、外ではどうぞご内密に願います」

「言い触らすつもりはないよ。こっちだって恥ずかしい」

「あまり気になさることはないと思います。殿下はなんというか、その、美しい方には声をかけるのが礼儀とお思いのようですので」

「手当たり次第か。理解できないな」

「いえいえ、そんな、決してそんな節操のない方ではありません。現に今、この離宮の奥のハレムにいらっしゃるのは、たったの三人です」

「三人も……いや、そうか。アラブでは四人まで妻を持てるんだったね」

そういえば離宮の中を案内された時、『ここから奥は立入禁止』と説明された区域があった。あの扉の奥がハレムなのだろう。慣習の違いとはいえ、自分にはついていけない世界だ。そして三人も妻がいながら、宗教で禁じられている同性に誘いをかける感覚はもっと理解できない。

そう思った時、ミシュアルは真顔で訂正してきた。

「いえ、サディード殿下はまだ独身でいらっしゃいます。お三方は奥方ではなく愛人ですから」

少年の表情に非難や嫌悪の気配はない。王子が複数の愛人を持っていることも、それでいてさらに他の相手に誘いをかけることも、この国では別におかしいこととは思われていないらしい。あきれた冬真はゆるく首を振り、独り言のように呟《つぶや》いた。

「お気楽なご身分だ」

「そんなことはありません。サディード殿下はきっとまだ、痛手から立ち直っていらっしゃらなくて、それを忘れるために……」

「痛手?」

問い返すと、ミシュアルはハッとしたように口を押さえた。どうやら口をすべらせたらしい。冬真との会話をそそくさと打ち切り、部屋を出ていってしまった。

(サディードの過去に何かあったのか? いや、どうでもいい。僕には関係ない)

冬真は再びパソコンに向かい、日本の教授へ送るメールの文章をまとめ始めた。何度も読み返し、画像を添付し、ツールで宛先を選択しようとして、手が止まった。

白川教授のメールアドレスのすぐ下に、shunpeiで始まるアドレスがある。ふたつ違いの弟、春平《しゅんぺい》だ。商社勤めで、今はサウジアラビア支部に駐在している。自分が今ザムファ王国へ来ていると知らせれば、すぐ会いに来てくれるだろう。

『兄貴、元気? ケバブは食った? 本場のはさ、日本で食うのとは一味違うだろ』

などと快活に笑うに違いない。人見知りしやすい自分と違って、弟は誰にでも好かれるし、どんな相手とも分け隔てなく接する。自分に対してもそうだ。母親から無愛想な子だと溜息をつかれるほど人好きしない自分に、弟はいつも屈託のない笑顔を向けてくる。

——苦手だ。

決して不快ではないけれど対応の仕方がわからず、つい素っ気ない態度を取ってしまう。気分を害して離れていくのが普通だと思うが、弟は違った。『兄貴ってクールだよな』とか、『馴《な》れ合《あ》い拒否って感じで、格好いいじゃん』と肯定的にとらえては、なお一層構いに来る。

買いかぶられているのが苦しくて、大学入学を機にさっさと家を出た。

その後は母にうるさく言われて帰省する盆正月くらいしか、顔を合わせていない。時々メールは来るけれど、『忙しい』を口実にして、用がある時以外は返信しなかった。

弟の海外赴任が決まった時には、もう自分に構ってこなくなると思ってほっとした。冷淡な態度を取り、あとになって『黙り込むんじゃなく、こう言えばよかったのかな』、『あんな態度を取って、春平は今度こそ怒ったんじゃないだろうか』などと悩まなくてすむからだ。

ほっとしたと同時に淡い喪失感を覚えたのは、我ながら不思議だったが。

メールを送るかどうかしばらく考えてから、冬真はゆるく首を振った。

(別に、急いで春平に会う必要もない。まだ仕事の目鼻がついていない状態で、時間の余裕ができるかどうかわからないし……また今度でいい)

自分自身に言い訳をしながら教授にあてたメールだけを送り、冬真はパソコンをシャットダウンした。


翌日から、リンデンの本格的な治療が始まった。

どこかにはっきりした原因があるのなら治療しやすいのだが、リンデンは全体的に弱っていた。害虫がついたとか過剰な盛り土で根が傷んだとかいう一つの原因ではなく、複合的な要素だ。気候が合わないことで徐々に抵抗力がなくなり、その結果、病虫害に負けやすくなったのだ。


二ヶ月間では難しい。今回は基礎的な治療が精一杯だろう。

（少しでも快復傾向が見えれば、国王陛下だって『時間が足りない』という説明に納得してくれるだろう。そうすればまたここへ来て治療を再開できるはずだ）

ありがたいことにアブドゥルたちは協力的だった。現地の気候をよく知って実際に樹木の世話をしている庭師たちの助力は欠かせない。人づき合いは下手な方だが、リンデンを治療したいという冬真の気持ちが通じたのか、意志の疎通はスムースだった。

（木の状態は悪いが周辺の協力体制はいい。あの王子がいなければもっといいのに。……言っても仕方ないけど）

まずは腐った根や枯れた枝など、残しても木を弱らせるだけのものを取り除きにかかった。

枝はともかく根の場合は土を掘る必要がある。健康な根を切ってはいけないので手作業だ。

しかし懸念していた通り、サディードが邪魔をしに来る。腐った根を取り除いて断面に保護材を塗っていると、後ろに来て、それはなんだ、何をしているんだ、そっちの根は切らないのかなどと、実にうるさい。しかも合間に妙な質問が混じってくる。

「冬真は何歳だ？」

「二十七です」

「なんだ、俺と一つしか違わないのか。日本人は若く見えるというが本当だな。肌の質のせいか？　どんな高級なボーンチャイナよりもなめらかで白い」

「……僕の仕事はこの木の治療ですが、それと年齢になんの関係が？」

「もちろん、樹医としての経験を知りたいからだ」

笑いを含んだ瞳でそう言われては、黙るしかない。しゃがみ込み、作業に没頭するふりで背を向けても、サディードは身をかがめて手元や顔を覗《のぞ》き込んでくる。

気が散るのを我慢して根を調べていると、いきなり頬《ほお》を撫《な》でられた。

「!?」

冬真は跳ね起きて飛びのいた。が、その拍子に小石を踏んでバランスを崩した。

大きな手が冬真の腕を鷲《わし》づかみにして引き寄せる。転ぶのは免れたが、サディードの胸にすっぽりと抱きとめられてしまった。

「危ない！　大丈夫か？　足元には気をつけろ」

言葉通りの単純な親切にしては、しつこく冬真を抱きすくめている。

サディードの肩越しに、不快そうに顔をしかめたリズクが見えた。庭師の誰かがくすっと笑ったのも聞こえる。皆、サディードが自分をからかっているのだと承知しているようだ。どうして自分がにらまれたり笑われたりしなければならないのか。怒りを覚え、冬真はサディードの胸に腕を突っ張って強引に体を離した。

礼を言う気はなかった。そもそもサディードがいきなり人の顔に触ってきたのが原因だ。けれどもサディードはにっこり笑い、冬真の頬を指さした。

「泥がついている」

自分の顔に触ってみると、確かに乾きかけた泥が残っている。これを落とすため冬真の頬を撫でたのだとサディードは言いたいらしい。忌々しい気持ちを抑え、仕方なく冬真は頭を下げた。

「失礼しました。何もおっしゃらなかったので、驚いたものですから」

「初心《うぶ》だな。恋人はいないのか？」

「仕事と無関係な質問にはお答えいたしかねます」

「お堅いことだ。……そういう性格ほど落とすのが面白いし、あとのお楽しみも大きいが」

冬真は根を見るふりで再度かがみ込み、サディードに意味が伝わらないよう日本語で「誰が落ちるか、色魔」と呟いた。

「今、なんと言った？　英語ではなかったようだが」

「この根はもうだめだ、という意味です」

そっぽを向いたまま答えると、サディードが小さく喉《のど》を鳴らして笑った。

「お前は本当に強情だ。だがそういう者ほど、落としたあとの楽しみは大きい」

聞こえてきたのは日本語だ。冬真は驚いて振り返った。してやったりというような笑いを浮かべ、サディードが冬真の顔を覗き込んでくる。

「俺が英語とアラビア語しか話せないとでも思ったか？　大国や主要先進国の標準語は大抵学んでいる。母国語ならわからないと思って、俺の目の前で情報を漏らしたり、悪口を言ったりする場合が多いからな。たとえば、『色魔』とか」

怯《ひる》みかけたものの、弱気になったら負けだと思い直して冬真は形だけ頭を下げた。

「それは失礼しました。日本語がおわかりだと知っていたら、『色魔』などという失礼な言い方ではなく、『色欲の抑制能力に欠ける意志薄弱な方』とでも申し上げたのですが」

軽く目をみはって冬真の顔を眺めたあと、サディードが笑い出す。

「一歩も引かないな。面白い奴だ」

後ろに控えていたリズクが、苛立ちの混じった口調でサディードに話しかけた。

「殿下。そろそろ着替えて出発なさらないと開会式に遅れます。殿下は主賓として招かれているのですから、遅刻なさっては……」

「ああ、今日はなんだ。サッカーの大会か、博覧会か？　面倒くさい。……冬真、またな」

大きく伸びをしてから、サディードはリズクを伴って中庭を出ていった。

アブドゥルたちに聞こえるのも構わず、というよりむしろ迷惑に思っていることをアピールするつもりで、冬真は大きく溜息をついた。自分まで男色家と思われてはたまらない。

（ハレムに愛人がいるんだからそっちへ行け、そっちへ。僕に構うな）

早く飽きてくれるのを願って、それまでは無視を続けるしかない——そう思った。逃げれば追われるという恋愛の大原則を、経験の少ない冬真は理解していなかった。


それから数日が過ぎた。

根を掘ったり、傷んだ樹皮や葉を一つ一つ取り除いたり、地味な治療が続いている。

「暑いな……」

つい独り言がこぼれる。日本語だったが、額の汗を腕で拭《ぬぐ》った仕草で見当がついたのだろう。アブドゥルが慰め顔で言った。

「その服は風通しが悪くて暑そうです。こちらの服装に着替えてはいかがですか」

「持っていないんだ。買いにいく暇もないし」

「ミシュアルにお申しつけになれば、すぐ用意してくれると思いますよ」

「そうだな。あとで領収書をくれれば支払うから」

「お客様にお支払いなどという失礼なことはさせられません。ご心配なく、トーマ様はサディード殿下のお気に入りですから、きっと何着でも……」

「いらない」

サディードからのプレゼントなど受け取ったら、あとが怖い。暑くても作業服のままの方がましだ。そんなことを考えていた時、ミシュアルが呼びに来た。

「お客様がお見えになりました。トーマ様の弟だとおっしゃっています」

冬真の心臓が跳ねた。

「春、平……？」

「はい、この写真の方です。これをトーマ様に見ていただければわかるとのことでした」

ミシュアルが差し出したのは写真入りの名刺だった。印刷された朗らかな笑顔は、見る者の胸を明るくするような愛嬌《あいきょう》に満ちている。好青年という言葉がぴったりの風貌だ。

だがなぜ弟がここへ来たのだろう。自分はメールを送らなかったのに。

「今は応接室の一つでお待ちいただいています。……トーマ様？」

冬真は唇を噛《か》んだ。

弟はすでに離宮へ来ている。手が放せない作業中と言っても、春平の性格だと多分、仕事が終わるまで待つと言うだろう。さっさと顔を出して簡単に話をすませる方がよさそうだ。

土で汚れた手と顔を洗い、冬真はミシュアルの案内で応接室へ向かった。

ドアを開けると、手持ち無沙汰《ぶさた》な顔でソファに腰掛けていた弟がこちらへ顔を向けた。ぱっと浮かんだ笑みは、名刺の写真そのままだ。弟の陽気で人なつこい気性は苦手なはずなのに、こうして会うとやはり懐かしさが先に立つ。

日に焼けて色黒になったせいか、白い歯が以前よりさらに目立つ。だがソファからすばやく立ち上がり近づいてくる動きの軽やかさは、子供の頃と少しも変わっていなかった。

「よ、兄貴！　元気かー⁉」

手を広げて抱きついてきそうな気配を見せたので、冬真は慌てて飛びのいた。

「何をする！」

「あっ、悪い悪い。こっちじゃ普通の挨拶だから癖がついちゃって。オレも最初は面食らった。ハグだけじゃなくて、下手すると男同士でチューされる。なんとか逃げてるけどさ。……日本じゃこんな挨拶やらないもんなー。驚かせて悪い」

屈託なく笑ったあと、春平はもう一度ソファに腰を下ろして話しかけてきた。

「元気か？　こっちの気候は慣れないときついだろ。兄貴の仕事は、冷暖房完備のオフィスの中ですむことじゃないし」

「仕事が終わるまでは仕方がない。それよりなぜ、ここに来ているのがわかった？」

「母さんが電話してきた。自分で連絡するとは言ってたけど、どうせ仕事に熱中して忘れちゃうだろうからってさ。漬物を預かってくれなかったって、ぶーぶー文句言ってたぜ」

「ああ、なるほど……」

二ヶ月間の出張なので、マンションで育てていた鉢植えを全部実家へ預けに行った。その時に母から『春平がいるサウジに近いんだから会いに行って、渡してきて』と漬物や味噌《みそ》を押しつけられそうになった。仕事の進み具合がどうなるかわからないからと必死に断り、弟に会う時間ができれば自分で連絡すると言ったのだが、母は勝手に春平へ電話をかけて教えたらしい。

「水くさいな、なんですぐ知らせてくんないわけ？」

「まだこっちへ来たばかりだから……会う時間ができたら連絡しようと思っていた」

冬真は弟の向かい側に腰を下ろした。案内役のミシュアルと飲み物を運んでくれた召使いが部屋を下がると、応接室には二人きりだ。

「今も仕事してたんだろ？　ちゃんと日焼け止め使えよ、兄貴。こっちの日差しは強いから日射病に気をつけないと。それから熱中症や脱水にも用心して」

「大丈夫だ。樹医は外での作業がメインだから、注意している」

「ほんと、見た目がもろに体育会系のオレが商社勤めで、文系の兄貴が庭仕事なんて逆だよな。つってもオレももっぱら外回りなんだ。合間に息抜きできるのがいいとこかな」

「そんなことを言って他国まで遊びに来てどうする。仕事の途中で、さぼってまで会いに来ることはないんだ」

「相変わらず素っ気ないなぁ。ちゃんと仕事は片づけてきたって。兄貴に会う時間が取れるようにと思ってさ。兄貴も暇ができたら来てくれよ。安くて美味《うま》い店、たくさん見つけたんだ」

「仕事が優先だ。旅費も滞在費も出してもらっているのに、個人的な用で時間を使うわけにはいかない」

「わかってる、だから今日はオレの方から顔を見に来たんだ。兄貴は根を詰めすぎて無理をすることが多いから、心配なんだよな」

普段はよく動く明るい瞳が、案じる色を湛《たた》えて自分を見つめる。胸の鼓動が速くなる。

(……だめだ)

春平は純粋に兄弟の情として自分を心配しているだけだ。それなのになぜ自分は動揺してしまうのだろう。冬真は意識して表情を引き締めた。

「自分のことは自分でわかっている。お前こそ気をつけろ。前みたいに食べすぎで寝込んだり、ゲームに夢中で夜更かしのあげく会社に遅刻したりなんて、社会人のすることじゃないぞ」

「あっはっは、大丈夫……とも言えないのがつらいとこだな。でも心配してくれてありがとう」

無愛想な口調にも気を悪くした様子はなく、春平は楽しげに笑う。

こういう大らかさは自分にはない。弟を決して嫌いではないし、会いに来てくれたことは嬉しいと感じるのに、向かい合っていると何か口実を作って逃げ出したくなる。自分の狭量さを思い知らされるせいなのだろうか。

近況や中東暮らしの注意点などを喋《しゃべ》り、半時間足らずで春平は腰を上げた。しかし廊下へ出てからもまだあれこれと、兄を案じる言葉を続ける。

「脱水も危ないけど、生水にはくれぐれも気をつけろよ」

「わかっている」

「それとやっぱり日焼け対策だな。オレみたいな地黒はいいけど、こっちの太陽にやられたら兄貴は赤剝《あかむ》けになっちまう。紫外線対策、ちゃんとやってっか?」

言いながら春平が、冬真の頭を両手で挟んで顔を近づけた。日焼け止めを塗っているかどうかを確かめようとしたのだろうが、冬真の心臓は勢いよく跳ねた。体温が一瞬にして上がる。

「ば、馬鹿! やめろ‼」

手を振り払って飛びのいた。声がうわずり、胸の鼓動がおさまらない。弟のこういうスキンシップ過剰なところが苦手だ。春平に他意がないのはわかっているので、こちらが気にしすぎているように思えて余計に落ち着かなくなる。

「あっ、悪ぃ。とにかく日焼け止めはしっかり塗って、それから……」

「ちゃんと対策はしている。いいから早く行け。飛行機の時刻に遅れるぞ」

「え？　うわ、ほんとだ‼　じゃな、兄貴！　また来るから！」

慌てふためいて案内役の召使いを急かし、弟は離宮の広い廊下を走っていった。

残された冬真は、壁にもたれかかって大きく息を吐いた。切ないような苦しいような思いで胸が詰まる。弟の手の感触がまだ頰に残っている気がして、その場所に自分の手をそっと当てたあと、我に返って強くこすった。

（くそ……子供じゃあるまいし、あいつはまったく。ぺたぺた触るな）

弟といると、その朗らかさや人なつっこさに苛立って苦しくて、うまく対応できなくて、気持ちが不安定になる。苦手だ。弟がいなくなったあと、あれこれと思い悩んでしまうから、余計に困る。弟と接触しなければ、自分はいつも平静な心境でいられるのだが——。

思いをめぐらせていた時、背後から含み笑いが聞こえた。

冬真は眉を吊《つ》り上げて振り向いた。サディードが壁にもたれて立っている。

「ずいぶん素っ気ないあしらい方をするものだ。弟なのだろう？」

「……覗きですか。悪趣味な」

見られたくない場面を苦手な相手に見られたと思うと、声が尖《とが》る。

「偶然通りかかっただけだ。兄弟なら似ているかと思ったが、顔も性格も大違いだな。兄なのにお前の方が背が低くて細身だ」

気にしていることをずけずけと言われ、冬真は唇を噛んだ。反論しようかと思ったが、この押しの強い王子にきっと口では勝てない。

「僕のプライバシーは殿下には関係がありません。ご用がなければ失礼します」

「待て」

横をすり抜けようとしたら、腕をつかまれて引き寄せられた。サディードが囁《ささや》いてくる。

「冬真。お前、弟が好きなんだろう？」

「は？　それは、兄弟ですから……」

いきなり何を言い出すのだろう。わざわざ人を呼び止めてまで家族仲を知りたいのかと思うと、あきれる。しかしサディードは冷笑を浮かべて首を横に振った。

「そうじゃない。兄弟愛を超えた部分で意識しているだろう。もっとはっきり言ってやろうか？　恋愛感情だ」

「ご自身が見境なしに人を口説きまくるからといって、僕を同類と思わないでください」

「まだ自覚していないわけか。そうかもしれない、お前は色恋沙汰にうとそうだ。だがそのぎこちない態度を見ていればわかる」

「勝手な憶測を押しつけるのはやめていただけませんか」

サディードの言葉を聞いていると、ひどくイライラする。冬真はもう一度強く否定した。

「僕は陰気で神経質な性格ですから、陽気な弟がちょっと苦手なんです。態度がぎこちなくなっているとしたら、そのせいでしょう」

サディードの笑みが深まった。

「苦手なのに、弟に触られた頬を押さえてうっとりするのか?」

「!」

「苦手ならさっさと弟に背を向けそうなものだがな。それなのになごり惜しそうに後ろ姿をじっと見送っていたのはなぜだ?」

冬真は言葉に詰まった。自分では気づいていなかったが、そうかもしれない。話している時は心が落ち着かず苛立つけれど、そのくせ春平がいなくなると寂しい。会話の内容や仕草を何度も反芻《はんすう》してしまう。

(まさか、そんな……)

首を二度三度と横に振った。

「そんなこと、あるわけない……相手は、実の弟なのに」

「では説明してみろ。いつもは無愛想なクールビューティが、弟に触られた頬をそっと手で押さえていたのはどういう理由だ? あの顔を写真に撮っておけばよかった。初恋にときめく処女のような、うっとりした眼つきで可愛《かわい》かったぞ」

「そ、そんな顔、誰がするか！」

我慢の限界だった。二十七歳にもなった男が処女に例えられるなど、屈辱的すぎる。冬真は手を振り払って逃げ出した。敬語が崩れるほど、うろたえていた。

サディードは追いかけてこない。楽しげな笑い声だけが追ってきた。

（違う、違う……春平に恋愛感情なんて、持っているわけはない！）

必死になって自分に言い聞かせた。

同性愛者を嫌っているわけではない。個人の性癖は自由だと思う。けれども自分のこととなると冷静ではいられない。まして春平は血のつながった弟だ。

気がつくと、中庭のすぐ近くまで戻ってきていた。

（馬鹿みたいだ……サディードみたいな色魔の言ったことに惑わされて、うろたえて）

走って乱れた息を整え、歩き出した。けれど頭の中ではまだ、サディードの勝ち誇った笑いが消えない。久しぶりに弟と再会した時間の余韻は片隅に追いやられ、不安と動揺ばかりが色濃く残っていた。

（こんなに簡単に動揺してはだめだ。つけ込まれる。サディードが勝手に言っているだけで、証拠は何もないじゃないか）

今回の滞在は二ヶ月と決まっている。その間は、話しかけられてもイエスかノーか沈黙で答え、姿を見かけたら避ければいい。そのうち王子も自分をからかうことに飽きるだろう。

——この時の冬真は自分の行動がサディードにどう受け取られ、どんな形で自分に跳ね返ってくるのかなど、予想もしていなかった。


リンデンの治療は続いていたが、効果はなかなか見えてこなかった。樹医に必要なのは根気と強い意志、そして体力かもしれない。

無視に近いあしらいを続けるうち、サディードが構いに来ることはなくなった。飽きたのだろうと、冬真は思った。アラブの王子という金と権力の両方を兼ね備えた地位にあり、サディードに腹を立てている自分の目から見ても、その容貌は充分に魅力的だ。美しくて洗練された美男美女が、いくらでも群がってくるに違いない。

(物珍しさで僕みたいな一般人をからかったんだろうが……迷惑な話だ。まあいい。飽きてくれたのなら幸いだ)

サディードの相手をしている暇はない。リンデンの状態は一進一退というところだ。自分では判断がつきかねる時は、白川教授に電話やメールで連絡を取っている。

今日も画像を送り電話で相談してみた。教授は、今の段階ではこれ以上打つ手はないと言って、冬真の取った対策に同意してくれた。ひとまず安心したけれど、東京で報告を受ける教授と現地で実物を見ている自分では責任の重さが違う。自分が異変を見落として報告を送らなければ、教授は気づきようがない。

(……無闇《むやみ》にあれこれ心配しても仕方ない。今日はもう寝よう)

睡眠不足は疲労につながり、注意力や観察力の低下を招く。パソコンをシャットダウンさせた冬真は、明かりを小さなナイトランプだけにしてベッドに身を横たえた。

離宮に来た初日にはミシュアルから、呼ばれればいつでも用が果たせるように同じ部屋か、せめて隣の続き部屋にいさせてほしいと頼まれた。しかし冬真は人の気配がすると眠れない。家族や特に親しい友人ならまだしも、他人はだめだ。子供の頃はそうでもなかったのだが大学に入って一人暮らしを始めたせいか、すっかり神経質になってしまった。そう説明して、ミシュアルにも別室に引き取ってもらっている。

まぶたを閉じて眠りが訪れるのを待っていた時、廊下とリビングルームを隔てるドアが開いたような音が聞こえた。

(おかしいな、鍵《かぎ》をかけたはずだが……)

ミシュアルは合鍵を持っているけれど、無言で部屋に入ってくるような無礼な真似はしない。空耳かとも思ったが、気になる。

確かめようと思い、冬真は上体を起こした。だが広いベッドから下りる前に、寝室とリビングルームの境のドアが引き開けられた。ランプの淡い明かりに、逞しい長身の影が浮かび上がる。

「⁉」

「なんだ、起きていたのか」

気安い口調で言ったかと思うと、その影はつむじ風のすばやさで寝台へ走り寄り、冬真を突き倒して覆いかぶさった。

こんな真似をする大馬鹿者はただ一人しか思いつかない。

「な、な……何、を……」

狼狽《ろうばい》しきった冬真を押さえ込み、ガウン姿のサディードが笑った。

「残念だ。どんな顔で眠っているか見たかったのに。クールな人間の寝顔は起きている時とは違って、無邪気で愛らしいのが相場だからな。まあいい、これから何度でも見る機会があるだろう」

「どうやって入ってきた⁉　鍵をかけてあったはずだ！」

相手が王子だからといって、丁寧な態度を取れる状況ではなかった。だがサディードはどなった程度で怯みはせず、むしろ面白そうに笑っている。

「離宮の主人が全室の鍵を持っているのは当たり前だ。召使いは遠ざけたし、好きなだけ大声をあげていいぞ。助けを求める悲鳴でも、色っぽい喘《あえ》ぎ声でも、聞く者は俺だけだ」

「ふざけるな、なんのつもりで……手を放せ、どけ！」

「見た目よりは力があるな、木や土を扱う仕事のせいか？　しかし俺には勝てない」

「よせ馬鹿、なんの真似だっ！」

もがく冬真の両腕を一まとめにつかんで頭上に引き上げ、サディードは自分のガウンのベルトを引き抜いた。それで冬真の手首を縛り、余った端をベッドヘッドの柱へくくりつけてしまう。

「乱暴な真似をしたくはなかったが、最近の冬真は俺を見れば逃げるし、話しかけても返事さえしない。これでは実力行使に出るしかなかろう」

「どういう理屈だ‼　いい加減にしろ、国際問題になるぞ⁉　今なら何もなかったことにしてやる、さっさとこのベルトを外して出ていけ！」

「ベルトより、俺はこっちのボタンを外したい」

冬真が本気で怒れば怒るほど、サディードの顔には余裕ありげな笑みが浮かぶ。怒りの底に恐れがひそんでいることを見抜いているのかもしれない。ベルトで縛った冬真の手首を自由にするどころか、パジャマの上着に手をかけ、一つ一つボタンを外し始めた。

「ば、馬鹿か！　やめろ、男の胸を見て何が楽しいんだ‼」

「こういうことの楽しみ方を知らないと見える」

にやりと笑ってサディードは体をずらし、冬真の胸に顔を伏せた。乳首を舌先で軽く転がす。

「……っ……」

異様な感覚に冬真の体が引きつった。

いい年をしてみっともないと感じて隠していたが、二十七歳の今まで他人と肌を合わせた経験はなかった。人づき合いが苦手で、自分から積極的に恋愛したことがない。相手から告白されてつき合ったことは二、三度あるが、キスから先へ進むことなく別れてしまった。

当然、胸肌を舌で弄《もてあそ》ばれるなど初めてだ。異様な感覚の本質がなんなのか、確かめるのが怖い。夢中で叫んだ。

「気持ち悪い、よせ！」

「よくないか？　普通は喜ぶのだがな。こんな甘いやり方では物足りなくて、こういうふうにしてほしいか？」

「ああぅっ！」

乳首に歯を立てられ、悲鳴がこぼれた。甘噛みというには力の入れ方が強い。噛み切られるほどではないが、歯の痕《あと》が残りそうな強さだ。

「や……やめ、て、くれ……痛い……」

「やはり痛いのはいやか。では、こうしてやろう」

「ぁふっ、ぅ……よせ、もう……放せっ！　あっ、ぁ、はぁっ……‼」

サディードは一切耳を貸さない。歯をゆるめて、乳首を濡《ぬ》れた舌先でつついたり転がしたり、ちゅっと音が鳴るほど吸ったりしてから、不意を突いて強く噛む。そしてまた、優しく愛撫《あいぶ》する。緩急を利かせた責め方に翻弄《ほんろう》され、冬真は何度も悲鳴をあげた。

「もうよせ！　この色魔、変質者‼」

やめさせようと必死で罵倒《ばとう》すると、サディードが乳首から舌を離して笑った。

「王子に向かっていい度胸だ。不敬罪で逮捕されても文句は言えないぞ。……だがこの愛らしい蕾《つぼみ》に免じて許してやろう。無礼な口と違って、素直だ」

乳首を指先でつつかれ、恥ずかしさに冬真の全身が熱くなった。サディードに舐《な》め回され、吸われ、舌先で転がされて、右側だけが硬く勃《た》ち上がっている。

「片方だけではバランスが悪いな。この小さくてやわらかい状態も、悪くないが」

「……っ！」

左胸の突起を強くつままれ、一瞬息が止まる。二本の指でこね回され、はじかれ、時には爪を立てられるうち、やわらかかった乳首が硬く尖っていくのが自分でもわかった。

「放せ、いい加減に……つうっ！」

「心配するな。傷をつけたりはしない。ここも、よくほぐして潤滑油を使ってから入れてやる」

「‼」

パジャマの上から尻肉《しりにく》をつかまれて、体が引きつった。

夜更けに部屋へ侵入して縛り上げるほどの真似をした以上、胸肌をいじって終わりのはずはない。わかってはいたが、実際に下半身へ手を伸ばされると精神的な衝撃は大きかった。

「やめ、ろ」

声が震えたのが、我ながら情けない。制止を無視してサディードは冬真のズボンと下着を引き下ろしてしまった。下半身がむき出しになった。

「なんだ、感じているかと思ったら縮んだままか。まあいい、すぐ気持ちよくさせてやる」

恥ずかしくて声も出せない冬真をせせら笑ったあと、内懐へでも入れていたのか、サディードはガラスの小壜《こびん》を取り出した。蓋《ふた》を取り、中身を掌《てのひら》へ開ける。蜂蜜《はちみつ》を思わせるとろみのある液体で、香料を混ぜてあるらしく、部屋中に濃厚な甘い香りが広がった。

「潤滑油だ。これを塗り込まないと、互いに痛くてたまったものではないからな」

言ったかと思うと冬真の左脚をつかんで、膝と股関節《こかんせつ》を曲げさせた。冬真の全身が熱くなる。首を曲げて奥を覗き込むサディードには、後孔が丸見えのはずだ。

「乳首と同じ愛らしい色だ。襞《ひだ》が細かくて、よく締まって、いかにも処女らしい」

「ふざけるな！　貴様……ひぁっ！」

自分の体に対する、居たたまれなくなるような批評を聞かされたあと、とろりとした液を塗りつけられた。異様な感触に悲鳴がこぼれる。

（いやだ……こんなことは何かの間違いだ。悪い夢だ……）

そう思いたかった。固くまぶたを閉じたあと、開いた時に目に映るのが見慣れたシンプルな天井なら——東京の自分のマンションに一人で寝ているのなら、どんなにいいかと思った。けれどもサディードの指は現実逃避を許さなかった。無遠慮に襞を撫で回し、何度も何度も液体を塗りつけてくる。息を詰まらせ身をこわばらせて耐えようとしたが、ずっと息を止めていることなどできはしない。

我慢できずに、息を吐いた瞬間だった。

「はうっ……‼」

襞の中心に触れた指が、中へもぐり込んだ。苦痛と圧迫感が冬真を苛《さいな》む。夢中で叫び、身をよじった。

「やめろ……やめろ！　あうっ、く……この、犯罪者！　色情狂‼」

「まったく強情な奴だな。気持ちよりも体を慣らす方が早く片がつくか。乳首が簡単に勃ったことだし、体はこの生意気な口とは違って素直そうだ」

「よせっ……あ、ぁ……‼」

どんなにもがいたところで、手首をベッドに縛りつけられ、サディードに押さえ込まれていては逃れようがない。握りしめた指の爪が、掌に食い込む。痛かったけれど、その痛みに気を取られている間だけは、後孔の圧迫感を忘れられた。

しかし、ふっと息を吐いた瞬間に指が動く。抜けかかったかと思うと、また押し入ってくる。

「そんなに締めるな。息を吐け。力を抜いた方がつらくないぞ」

なだめる口調で言いながらサディードは指を動かす。ぬらつくオイルが肉孔の中で、くちゅ、つぷ、と音を立てた。こんな淫《みだ》らな音が自分の体で鳴っていると思うと、恥ずかしくてたまらない。痛みばかりでなく、精神的なショックが冬真を苦しめる。自分の中に他人が入り込んでいることは、これほどの屈辱感をもたらすものなのだろうか。

「いや、だ……ぁあ、ぅ……」

喘ぐ冬真を見て、サディードがにやりと笑った。

「そうか？　少しは慣れて、気持ちよくなってきたんじゃないのか」

「違……違、う……っん……ふ、くっ……！」

「声が艶っぽくなってきたぞ、冬真。自分でもわかっているはずだ、気持ちいいんだろう？」

冬真は唇を噛み、何度も首を横に振った。

けれど自分でも気づいていた。否定する言葉の終わりが甘く溶け崩れ、合間に決して苦しいせいとは言いきれない喘ぎが混じる。サディードの指に犯される肉孔が、今まで味わったことのない感覚を伝えてくる。

「やめろっ……‼　あっ、ぁう……頼む、やめて、くれ……」

「本当にやめてほしいのか？　ここは俺の指をくわえ込んで放さないし、中はひくひくして、もっと奥まで触ってくれと誘っているようだが」

「ち、違……そんなんじゃ、ない……」

「意地を張らずに認めたらどうだ。お前の体は男に抱かれるようにできているんだ。初めてでこんなにいい声を出す奴はそうそういないぞ？　正直に言え、気持ちいいと」

全身が熱い。縛られて裸にされ、一番恥ずかしい場所をいじくり回されているのだから、本当なら屈辱と羞恥《しゅうち》に体が凍りつき、息が止まってもおかしくないくらいだ。けれどなぜか自分の体は熱く疼《うず》き、体中どこもかしこもむずむずして、触ってほしくてたまらない。

（いやだ……いやだ！　こんな男に負けるなんて……‼）

認めるわけにはいかない。後孔から伝わり脳を浸食する陶酔感で、自我が崩れそうになるのを必死に押しとどめ、まともな意識をかき集めて、冬真は虚勢を張った。

「この、下手糞《へたくそ》、がっ……」

「！」

サディードの手が止まった。眉を吊り上げ、冬真の真意を探ろうというように、顔を覗き込んでくる。荒い息の合間に、冬真はもう一度繰り返した。

「下手、糞。ドンファンかカザノヴァを気取っていても、していることはただの自己満足じゃないか。そんな場所、いじられても、気持ちよくなんかない」

「なんだと」

「今までの愛人は言わなかったのか？　皆、褒め言葉をひねり出すのに苦労しているだろう」

「こいつ……さっきからよがっているくせに、負け惜しみを」

唸《うな》るように言って、サディードは体を起こし、いったん指を抜いた。ベッドの上に放り出してあった頭布をつかみ、雑に畳んで細長くしたあと冬真の目に当てる。

「な、何をする⁉」

「無礼な口のお仕置きだ。処刑する罪人には、目隠しをするものだろう？」

物騒な言葉に冬真の体がこわばる。その間にサディードは布を頭の後ろで固く結んでしまった。

「怖いか？　可愛い奴。処刑といっても命を奪うわけではない。お前が『死ぬ、死ぬ』と口走るようにしてやるだけだ。フランス語では『小さな死《プチ・ムール》』と言うだろう。……何度でも、殺してやる」

「……っ……やめ、ろ……」

腕を縛られただけでなく視覚を封じられて、不安と恐怖が倍増する。制止する声が震えた。

冬真の鼻孔を、南国の花に似た濃厚な香りがかすめた。サディードがもう一度、潤滑油の壜を開けたらしい。そのオイルを自分に塗り込んで何をするつもりか——考えると、恐怖で体のほてりが冷めていく。

「あとのお楽しみと思って取っておいたが、今すぐ味わわせてやった方がよさそうだな。二度と生意気な口を利けなくしてやる」

ぬるぬるの液体を後孔へなすりつけられた。指が再び、襞の中心を探ってくる。

「ん、うぅっ……」

体に力を込めて侵入を拒もうとしても、無駄だった。

「うっ……く、ぁう……ん……」

耐えようとしても耐えきれず、喘ぎ声がこぼれてしまう。目隠しのせいで次にどこを責められるか予測できない分だけ、不意打ちの愛撫が効く。さっきまでとは段違いだ。

乳首に歯を立てられる。吸われる。

肉茎を軽く撫で下ろされ、袋をやわやわと揉《も》まれて、背筋がざわつき体が引きつる。腿《もも》を撫でられたかと思うと膝を曲げさせられて、足の指にぬるっとした温かいものが触れる。足指をしゃぶられたと悟るより先に、くすぐったくて身悶《みもだ》えずにはいられない。

そうして冬真の力が抜けた瞬間を狙《ねら》うように、オイルにまみれた指が侵入してきた。

「……っ!? ぁ、ああっ、ふ……んんっ」

冬真の体がそりかえった。

熱い。先ほどよりもはるかに強い熱が後孔を襲い、広がり、染み込んで、全身をとろかす。指がうごめき、何度も抜けたり入ったりして粘膜にオイルを塗りつけた。それだけでも耐え

きれずに喘ぎをこぼすほどの刺激なのに、中を探る指がある一点をとらえ、押した。

「はうっ！」

悲鳴がこぼれた。後孔の中にあるしこりを押された瞬間、電流が火花を散らして背筋を走り抜け、脳を焼いたのだ。

「あっ、あぁっ……な、何……何が、こんな……あぅ！」

「前立腺《ぜんりつせん》だ。ここの快感を覚えたら、これなしでは満足できなくなるらしい。どうだ、いいか？」

「い、いや、だ……はぁんっ！　あ、ぁーっ‼」

サディードの指は容赦なく、冬真の中のしこりを責め立てる。

何がどうなっているのかわからない。指でゆっくり押されるたびに強烈な電流が背筋を走り抜けて、頭の中が真っ白に光る。肉茎には触られていないのに、後ろから伝わる熱に煽《あお》られて熱を帯び、激しく昂《たかぶ》る。

（いや……いやだ……こんなの、おかしい……）

けれどサディードの指が前立腺を押したりこすったりするたびに、腰が燃え上がるように熱くなる。気持ちいい。気持ちいい。内側の粘膜が熱くたぎって、とろけそうだ。体が異様に熱い。後孔を犯す指が生み出す感覚が腰が疼かせ、震わせる。甘いしびれが後孔から背筋を駆け上がり、脳を壊していく。

部屋に広がるオイルの香りは、淫靡《いんび》なほどの濃厚さでかぐわしい。

「あぁっ、んっ……やぁっ、そこ……ひ、あぁ！」

これは本当に自分の声なのか。嫌っている男に笑いながらいたぶられて、こんなに淫らなうわずった声をこぼしているのは、本当に自分なのか——意識の片隅でそう思ったけれど、その思考さえも波に崩される砂山のようにあっけなく溶けていく。

あとに残ったのは後孔から全身に広がる、甘い心地《ここち》よさだけだった。

「く、ふぅ……ぁひっ！　あ……熱い、熱いぃっ！　も、許し、て……あぁあぁーっ‼」

視界が霞《かす》み、ぼやける。心臓が破れそうなほどに鼓動が速い。指の動きに合わせて腰が何度も跳ね上がり、宙を蹴《け》る足の指が攣《つ》りそうだ。

「昼間のつんとしたお前もいいが、こうして涎《よだれ》を垂らしてよがっている姿もなかなかいい。ここは感じるか？　ここは？」

「やっ、ぁ……ひ、ぅう！」

乳首を指でこねられる、脇や腿を撫でられる。喉元に熱い息がかかる。気持ちよくてたまらない。全身が感じている。

「気持ちいいか？　答えろ。よくないのなら、やめるぞ」

「やぁっ……や、やめる、な……いいっ、気持ち、いぃ……」

もう自分が何を言っているのかわからなかった。時折、これではいけないという意識が心の表面にふわりと浮き上がるけれど、すぐ快感に押し流されてしまう。全身が熱くて、むず痒《がゆ》くて、触ってほしくてたまらない。

「時間がたったし、もう大丈夫だろう。……味わわせてもらおう」

舌なめずりするような呟きのどこかが、冬真の心に違和感となって引っかかる。けれどそれはすぐ、後孔から伝わる感覚にかき消された。

「……んっ……」

うごめいていた指が抜けていき、冬真は顎を反らせて喘いだ。

最初は苦痛と不快感しかなかったはずなのに、今は指の抜けたあとを空虚に感じる。物足りない。代わりを埋める何かがほしいとさえ思って――。

(違う！　そんなんじゃない、そんなはずは……‼)

濁り崩れる意識をかき集めて自分に言い聞かせた時、熱く硬いものが後孔にあてがわれた。

「えっ……？　あ……うあああぁーっ！」

絶叫がこぼれた。指を使ってほぐされていたとはいっても、今侵入してくるものとは大きさも熱さも比較にならない。粘膜が容赦なく押し広げられる。

「く……ぁ、あっ……やめろ、もう……よせっ……」

さっきまで快感にしびれていた脳に、まともな思考が戻ってきた。冬真は拒絶の言葉をこぼしてもがいた。けれども両手首をベッドに縛られたうえ腰をつかまれていて、どうにもならない。

「息を吐いて力を抜け。痛みで少し醒《さ》めたようだが、すぐに気持ちよくなる」

「あ、あぅ……っ……痛、い……や、め……」

「ふぅん？　さっきは呂律《ろれつ》の回らない口で、『やめるな、気持ちいい』と言っていたのにな。初めてというのは本当らしい。これから開発するのが楽しみだ」

「やっ……いやだ、ぁあっ……‼」

悲鳴をあげても、後孔への蹂躙《じゅうりん》がやむ気配はない。真っ赤に灼《や》けた太い鉄の棒をねじ込まれるようだ。いや、鉄の棒とも違う。弾力のある硬さを持ち、ぬるぬるのオイルにまみれている。それが無理矢理粘膜を押し広げ、奥へと侵入してくる。

「……あぁぅ‼」

ぐりっ、と内部のしこりを押され、冬真の体が大きく跳ねた。

さっき指でさんざん弄ばれて、初めて味わう快感を引き出された場所だ。そこを責められた瞬間、圧迫感と違和感でしかなかったはずの感覚が、甘さを帯びた。

巨大な牡《おす》が冬真を貫き、揺さぶり上げる。深く入ってきたかと思うと、ずずっと抜けていき、また侵入してくる。そのたびに敏感なしこりをこすられる。ぐちゅぐちゅといやらしい音をたてて責められる後孔はまだ痛むのに、抜き差しのたびに苦痛が快感に塗り替えられていく。体は熱くほてり、昂るばかりだ。

「やめ……て、くれ……お、おかしくなる……く、はぅ！」

快感に堕《お》ちていく一歩手前で、未知の感覚への恐怖に引き止められ、冬真は哀願した。けれども後孔からの甘い刺激がやむことはない。抉《えぐ》られ、押され、こすられるたびに、腰がたぎり立つ。その熱が全身に広がっていく。

目を開けても何も見えない。暗闇の中で、皮膚と粘膜に与えられる快感が何倍にも増幅される。

（なん、だ……？　おかしい、こんなの……こん、な……）

気持ちいい。とける。がくがくと体を揺さぶられるたび、快感を脳に打ち込まれる気がする。もう何がなんだかわからない。

自分は今、どうなっているのだろう。何をされているのだろう。

「あっ、ぁ……ぁは、ぅ、んっ……」

淫らな声で喘いでいるのは自分なのか。わからない。――ただ、気持ちいい。

その時、熱い吐息とともに、自分を呼ぶ声が耳孔へ吹き込まれた。

「兄貴」

「!?」

冬真の体が大きく震えた。弟なのだろうか。わからない。視界は閉ざされて何も見えない。

（誰、だ？　誰が……）

「兄貴、愛してる」

囁きと一緒に熱く濡れたものが耳孔を犯す。飴《あめ》をしゃぶるように耳たぶを弄び、首筋から喉へ下りる。自分を兄と呼ぶのは春平しかいない。自分に呼びかけてくるのは弟なのか。

(だめだ……兄弟で、こんな……)

一瞬だけ、自分を戒めるような意識が浮かび上がりかけたけれど、それもすぐ快感の波に押し流されて消えていった。扇情的な香りが鼻孔をくすぐる。熱帯の花を思わせるオイルの香りに、汗と先走りのにおいが混じったものだ。最初は濃すぎると感じたはずの淫らな香りが、今は心地よい。

「やっ、ぁ、あ……はぁ……」

杭を打ち込むように、灼熱《しゃくねつ》が自分を繰り返し深々と貫く。内側をこすられて、しびれるような快感が脊髄《せきずい》を駆け上がる。

気持ちいい。体のすべてが快感に浸《ひた》されている。兄弟だろうともうどうでもいい。それよりもただ、快感がほしい。もっともっと気持ちよくなりたい。

「あぁっ、あ……春平、そこ……あぁっ!」

いつのまにか手首を縛ったベルトがほどかれていた。目隠しを外そうと思えば外せる状態になったのに、冬真はそのことに気づかなかった。自由になった手を伸ばしてすがりついたのは、自分を抱く男の体だ。そうしなければ激しい突き上げに耐えられない。

凄《すさ》まじい熱さが自分の中を満たし、切り裂くように暴れ回っている。汗とオイルに濡れた体の間に挟まれてこすられ、肉茎は限界まで張りつめていた。

「気持ちいいか、冬真?」

「いいっ……気持ち、いぃ……そこっ、あ、ぁああ!」

もう何を訊《き》かれ、何を答えているのかもわからない。意識は完全にとろけている。冬真は自分を貫く男にすがりつき、突き上げに合わせて腰を揺すった。

やがて、冬真を貫いていた牡がびくびくっと震え、一層張りつめる。

「くっ……‼」

低い呻《うめ》き声が聞こえたのと同時に、灼熱が注ぎ込まれた。自分の中を満たす液の熱さと多さを感じた瞬間、冬真の意識が真っ白に光った。

「く……あ、ぁああ、あーっ!」

体が大きくそりかえった。全身を苛んでいた熱が、液体に変わってほとばしり出る。

「ぁ……は、ぁ……」

なごりのように体が何度も震えた。自分を蹂躙しつくした牡が抜けていくのを感じる。弟に抱かれ、中へ注ぎ込まれて、その熱さで自分自身も達したのだ。

自分は本当にこんなことを望んでいたのだろうか。視界を塞《ふさ》がれたまま、冬真は呟いた。

「春、平……」

「うん？」

「僕は……お前みたいに、なりたかった……」

勝手にこぼれた言葉の意味が脳に届く前に、押し寄せてきた虚脱感と疲労に飲み込まれ、冬真の意識は闇に沈んだ。

2

（どうして、あんなことになったんだ……）

鬱屈《うっくつ》を抱えて、冬真は午後の日差しに照らされた通路を歩いていた。

昨夜《ゆうべ》、自分がサディードに犯されたことは間違いなかった。後孔はまだ何かが入っているかのように疼くし、ともすれば足がふらつく。強く意識して平常な歩き方を保とうとしなければ、壁にすがってしまいそうになる。できるならベッドでずっと寝ていたい。そうしないのは、樹医の仕事があるからだ。これを放り出したら、自分の矜持《きょうじ》は完全に失われてしまう。

犯されたこと自体にも打ちのめされているけれど、それ以上に自分の心にひそんでいた忌まわしい欲望に気づかされ、自己嫌悪を覚えずにはいられない。

昨夜の記憶は断片的に残っている。自分はサディードを春平とすり替え、淫らな声をあげてよがったあげく、達した。自分自身の淫らさ、浅ましさに眩暈《めまい》がしそうだ。自覚していなかっただけで、本当は春平に抱かれたがっていたのだろうか。いや、そうでなければあんなふうにはなるまい。

うなだれたまま重い足を動かして、庭へ向かっていた時だった。

「冬真」

呼びかけられてハッと顔を上げた。

廊下の先にいるのはサディードだった。珍しく側近のリズクや召使いを引き連れずに一人きりだ。今までとは微妙に違う笑みを浮かべて自分を見ている。あれは支配者が奴隷を見る眼差《まなざ》しだ。

自己嫌悪で一杯だった心に、今度は怒りが湧《わ》き上がった。自分自身の浅ましさを棚上げにするつもりはないけれど、サディードのしたことはどう考えても犯罪だ。

(くそっ……こんな色魔の犯罪者に負けてたまるか)

確かに昨夜自分はサディードの思うままにされた。だがここで気持ちが折れたなら、完全に屈服してしまうことになる。体を自由にされたからといって、気持ちまで従属する理由はない。逸《そ》らしかけた視線を、冬真はまっすぐサディードの顔に据えて、歩いていった。

「何を拗《す》ねている、冬真。俺が朝までそばにいてやらなかったからか？　昼餐会《ちゅうさんかい》があったんだ。機嫌を直せ。その分、今から可愛がって……」

冬真が怒りを抱いていることに気づかないのか、サディードは相変わらずの笑顔で手を伸ばし、引き寄せようとする。冬真は身をひねってかわし、その手をはたき落とした。

目をみはったサディードに向かい、冬真は口を開いた。

「すみません、虫が飛んでいたので。……殿下がなんのことをおっしゃっているのかわかりませんが、急ぐので失礼いたします。保護剤を調合しなければなりません」

何もなかったように振る舞うこと、すなわちサディードの行為によって自分はなんの影響も受けていないと示すことが、最大の拒絶だった。そのまま横をすり抜けて立ち去ろうとしたが、手首を強くつかまれた。

「いい態度だな。昨夜、俺に抱かれてよがり泣いた時の顔とは大違いだ」

拒絶が気に障ったらしい。先ほどまでの余裕ありげな笑みが消え、サディードは眉を吊り上げた険しい表情になっていた。

「なんのことでしょうか」

「ああ、そうだった。お前は俺に抱かれたんじゃない。弟に抱かれて悦《よろこ》んでいたんだ。俺が弟のふりをした途端に、反応が変わった」

「なっ……違……‼」

そんなはずはないと反論したい。けれど事実がそれを許さない。

「思い出したか？　お前は実の弟に懸想し、抱かれて悦んでいたんだ」

サディードが再び勝ち誇った笑みを浮かべて通告してきた。返事ができない冬真の右腕をつかみ、抱き寄せて顎に手をかけ、仰向《あおむ》かせる。

「は、放せ！」

「キスをするなら弟がいいか？　王宮へ呼んでやろうか。商社勤めだろう、王宮との契約をちらつかせれば飛んでくるはずだ。兄が恋いこがれていると教えてやったら、どんな顔をするかな」

「……っ……」

結局自分は、サディードに屈服するしかないのだ。

胸に突っ張って拒んでいた腕が、力なく垂れた。サディードが自分を抱き寄せ唇を重ねてくる。舌を受け入れ、中を探り回すに任せたけれど、悔しかった。昨夜は力でねじ伏せられ、今日は弱みを握られて脅される。なぜこんな目に遭わねばならないのか。

顔が離れた。優越感に満ちた瞳を見ているのが悔しくて視線を逸らし、冬真は呟いた。

「下手糞」

「なんだと!?」

「いいえ、何も。ただの負け惜しみです、ご心配なく」

声を荒らげたサディードに、目を合わせないまま冬真は答えた。

実際、負け惜しみ以外の何物でもない。実の弟に懸想しただけでなく、別の男に抱かれて達した恥知らずだということを当人にばらされるくらいなら、死んだ方がましだ。

「ただ、仕事の邪魔はしないでください。リンデンの治療は国王陛下に依頼された仕事です」

つけくわえた一言は、樹医の仕事だけは続けたいという思いからだった。男としてのプライドを完全に踏みにじられた今、自分がよりどころにできるのは仕事しかない。傍若無人なサディードにも父に従う気持ちはあるようだから、国王の依頼を妨げはしないだろう。

眉根を寄せたあと、思い直したようににやりと笑って、サディードは冬真を放した。

「いいだろう。昼は聖女で夜は娼婦というのも悪くない。お前が弟のことを忘れて俺を崇拝し、ねだってくるようになるまで、じっくり調教してやる。……逃げ出せるなどと思うな。召使いや衛兵には、お前を離宮から出さないよう厳しく申し渡してある。土地勘のないお前が迷子になったり、犯罪に巻き込まれたりしてはいけないからな」

「軟禁する気か」

顔がこわばるのが自分でもわかった。

「間違えるな、保護だ。……今夜は場所を変えて、俺の部屋で楽しむとしよう。行け」

夜になればまた犯すという予告だ。拒むすべはない。無言のまま頷《うなず》き、冬真はサディードの前を離れた。楽しげな笑い声が背後で響いていた。

それでも仕事の邪魔をしないという約束を取りつけたのは、自分としては上出来だったかもしれない。人づき合いは苦手で交渉ごとには慣れていないのだが、少しでもサディードと離れる時間がほしくて、とっさに口にした言葉だった。もしも夜昼構わず弄ばれたら、体よりまず心が参ってしまっただろう。木の治療に没頭している間は、自分がされたことを忘れていられる。

リンデンの根の治療はまだ続いていた。一つ一つが手作業なので時間がかかる。

腐った部分を除去したあとは、新しい土を入れる。健康な根が伸びやすくなり、すぐ栄養分を吸収できるようにするためだ。リンデンが一番好むのは湿ってよく肥えた土なので、肥料の他に保湿剤もくわえた。結果が目に見える形で現れるまで最低一年はかかるが、大事な作業だった。

「トーマ様、ちょっと来てください。ここの根が変です」

若い庭師に呼ばれて根を見た冬真は、眉をひそめた。主根が途中から腐っている。虫害ではなさそうだ。土壌の酸素不足だろうか。

自室のノートを見て治療法を確認しようと思い、冬真は中庭を離れた。離宮は広く廊下は複雑だが、毎日往復して道順を覚えたから、案内してもらう必要はない。

が、中庭のそばまで戻ってきた時、庭師たちの笑い声に気づいた。切れ切れにしか聞こえないが、『トーマ』という言葉が混じっている。冬真は建物の出口に立って様子を窺《うかが》った。

若い庭師たちは自分とサディードの噂話に興じているらしかった。剽軽《ひょうきん》な性格の一人が、声色を使い女っぽく身をくねらせて、キスをねだるような口つきをする。他の者がどっと笑った。最年長のアブドゥルが顔をしかめ、強い口調で何か言った。叱《しか》ったらしいが、皆は肩をすくめたり、いなすように笑うばかりで、本気で悪いと思っている雰囲気はなかった。

冬真は唇を噛んだ。悔しさと恥ずかしさで体が震えた。自分がサディードの『女』にされたことを、皆知っているのだ。

考えてみれば当然だ。あの夜以来サディードは人前でも遠慮なく冬真を抱きすくめたり、唇が触れそうなほど顔を寄せたりする。おまけに事後には平気で召使いを寝所へ呼んで、自分の身繕いをさせる。裸体の冬真がぐったりして身動きできずにいても、お構いなしだ。現場を見た彼らの口から話が漏れたのかもしれない。

冬真はきびすを返した。タイミングよく顔見知りの召使いが歩いてきたので、声をかける。

「中庭へ寄って庭師の皆に伝えてくれないか。僕は調べものに時間がかかるから、少し早いけれど昼休憩にしようと。頼む」

今、彼らと顔を合わせてなんでもないふりで仕事を続けるのは無理だ。気分を落ち着かせたい。

召使いと別れて廊下を歩いていくと、角を曲がった向こうから人声が聞こえてきた。サディードとリズクのようだ。冬真は柱の陰に隠れてやりすごそうとした。

話し声が近づいてくる。また自分の噂だ。

「殿下。いつまであの日本人に構い続けるおつもりですか。国王陛下のお耳に入ったら、お叱りは免れませんよ」

「ちょっとした遊びだ。飽きればやめるから心配するな」

「ハレムで殿下のおいでを待ちこがれている方々が相手でもよろしいでしょうに。あれは外国人で、しかも国王陛下がお招きになった樹医です」

「冬真が俺に服従したらすぐ終わらせる」

「すでに手にお入れになったでしょう？　だったら噂が広まらないうちに……」

「まだだ。体はものにしたが、冬真はいやいや従っているだけだ。あれでは俺が勝ったことにはならん。心から俺に服従して，媚《こ》びを売るようになったあとなら解放してやってもいい」

「その気にさせてから捨てようなど悪趣味ですよ、殿下」

サディードと違ってリズクは真っ当な感覚の持ち主らしい。けれど側近であっても、傲慢な主の行動を止めることはできないのだろう。

（サディードにとってはただの遊びか。そんなことのために僕は……）

心から自分を愛して、熱情を抑えきれずに暴挙に及んだというのなら――そうであっても許せることではないが、まだましだと思う。けれど今の言い方では、自分は珍しい玩具《がんぐ》と同レベルだ。飽きたら捨てると公言するような男に犯され、服従させられている。

「……くそっ」

悔しくて腹立たしくて、つい呟きがこぼれた。

思いのほかその声が響いたらしく、サディードがリズクのそばを離れて、こちらへ大股《おおまた》に歩み寄ってきた。逃げようとしたが間に合わず、腕をつかまれた。

「こんなところでどうした、冬真。仕事中だろう。それとも俺を待っていたのか？」

「違う！　誰がそんな……調べものがあってこっちへ来ただけだ！」

声を荒らげたが、サディードにとっては冬真の反抗など虫に刺されたほどの意味さえないのだろう。余裕たっぷりに笑った。

「どうでもいい。すぐ昼寝の時間だ、仕事は中断してしまえ。俺も時間が空いたところだ。……リズク、ついてくるなよ」

意見されたのが気に障ったのか、サディードはリズクに見せつけるようにして冬真を引っ張り、自分の寝室へ足を向けた。その横顔をにらみつけはしたが、冬真にはなんの抵抗もできなかった。力ではかなわないし、もしもサディードが弟に何か喋ったらと思うと不安でたまらなかった。のんきな春平でも、実の弟に恋愛感情を持つような人間だと知ったら、きっと自分を蔑《さげす》むだろう。

サディードに従うしかない。

屈したふりで媚びを売れば解放されるのだろうが、自分にサディードを騙《だま》せるほどの演技ができないことはよくわかっていた。

(二ヶ月だ。二ヶ月我慢すれば終わる)

体をゆだねるくらい大したことではない——冬真はそう自分に言い聞かせた。


さらに数日が過ぎたある午後のことである。

相変わらず冬真はリンデンの治療にあたっていた。

若い庭師たちが自分を陰で嗤《わら》っているのは知っていたが、だからといって木に八つ当たりはできない。アブドゥル他、味方をしてくれる者もいるようだし、ミシュアルは呼びもしないのに中庭へ来て、喉は渇かないか、要《い》るものがあれば自分が取ってくるなどと世話を焼いてくれる。

と、不意に庭師たちがざわめいた。仕事の手を止めて、建物に通じる入り口を注視している。またサディードが来たのかと身をこわばらせて、冬真も視線を向けた。

だが違った。中庭へ入ってきたのは、黒い長衣に身を包みベールで顔を隠した女性だ。

「ファティマ様、奥にいらしてください‼　サディード様がご一緒でないのに、男性のいる場所においでになってはいけません！」

ミシュアルは目ざとく相手が誰かを見分けたようだ。困惑顔で叫んだが、ファティマと呼ばれた女性は動じない。ミシュアルや庭師たちには目もくれず、冬真に視線を据えてまっすぐ歩み寄ってくる。黒地に色とりどりの宝石をちりばめ豪華な刺繍《ししゅう》を施した長衣《アバヤ》と、自信に満ちた態度、そして皆の態度を見ればわかる。この女性は、サディードがハレムに置いている愛妾《あいしょう》の一人に違いない。ベールから見える目元だけでも、艶やかな美貌の持ち主であることが窺える。

「あなた、日本から来た樹医ですってね。あたくしの部屋の薔薇《ばら》が枯れたの。治療して」

愛妾と主は性格が似るものなのだろうか。口調の高慢さにはサディードに通じるものがある。不愉快だが、枯れたという薔薇は可哀相《かわいそう》だ。

「どこにあるんです？」

「あたくしの部屋と言ったわ。悪いのは耳、それとも理解力？」

「そうではなくて、イスラム教は男女の同席を禁じてはいませんでしたか？　僕があなたの部屋へ入るわけにはいかないでしょう。鉢植えをどこかへ運ばせてください」

「その通りです、ファティマ様。ここへお一人でいらしただけでも問題ですのに、親族でもない男性をお部屋へ入れたりなさったら……」

ミシュアルが味方をして諌《いさ》めてくれたが、ファティマは要求を引っ込めるどころか蔑むような笑みを浮かべて呟いた。

「男性ですって？」

冬真の体がカッと熱くなった。やはり彼女も、自分がサディードに屈服したことを知っているのだろう。追い打ちをかけるようにファティマが笑う。

「運ばせるのが面倒なの。そう大袈裟《おおげさ》に考えることはないわ。ちょっと診にきてくれればいいじゃない。サディードを怒らせて嫌われたくないの？　それともまさか女が怖いとか……」

「わかりました。行きます」

あからさまな挑発なのはわかっていたが、大勢の前でここまで言われては引き下がれない。サディードには弱みをつかまれているから従うしかないとしても、その愛妾にまで馬鹿にされるのは我慢ならなかった。

スコップを置いて立ち上がった冬真を、ミシュアルが引き止めようとする。

「トーマ様、いけません。サディード殿下に知れたら……」

「薔薇の治療に行くだけだ。すぐ戻る」

気が変わらないと知ったミシュアルはキッと眉を上げ、自分も一緒に行くと言い出した。

アラブの習慣に詳しくない冬真が一人で行くより自分が同行して助けようと、この誠実な少年は考えてくれたのかもしれない。

「どうでもいいわ、早く来て。ここは暑くて嫌いよ」

自分で勝手に中庭へ来たくせに不平を言い、ファティマはきびすを返した。冬真はミシュアルと顔を見合わせたあと、急ぎ足であとを追った。


ファティマの部屋はサディードの部屋に劣らないくらい広く、贅沢《ぜいたく》な調度品が揃《そろ》えられていた。部屋に控えている侍女たちは男性客を迎えるせいか、皆ベールをかぶって顔を隠している。とはいえ布の隙間《すきま》から見える目の表情だけでも、好奇と軽蔑《けいべつ》は伝わってきた。

彼女たちを見ないようにして、冬真は目についた薔薇の鉢へと歩み寄った。

つい最近までは元気だったのではないかと思われるが、今は葉が萎れ、花の首がくったりと垂れている。室内を見回し、冬真はファティマの方を振り返った。いい加減な扱われ方をした花が可哀相なのと、侍女たちの軽侮を含んだ表情が腹立たしいせいで、こんな事態を招いた本人をついついなじる口調になった。

「エアコンの風を直接当てたんですね。これでは弱っても仕方がない。薔薇は大抵デリケートなものですが、この種類は特にきめ細かな世話が必要です。まず置き場所を変えて……」

顔を隠す布を外しつつ、ファティマは冬真の言葉を遮った。

「あなたが預かって世話をしてちょうだい。花が咲くようになったら返して」

尊大な言い草にむっとしたが、いっそその方がいいと思い直した。薔薇に罪はない。わかりました、と答えようとして冬真は首を傾《かし》げた。アイシャドウで彩られた目元だけを見ていた時は気づかなかったが、むき出しになった顔はリズクによく似ている。親戚《しんせき》だろうか。

表情に内心の疑問が出ていたらしい。ファティマは口元を歪《ゆが》めて笑った。

「見たことのある顔？　リズクに似ていると思ったんでしょう」

「ええ。ご親戚ですか」

「他人の空似ね。正確に言えばあたくしは、リズクより彼の妹によく似ているの。サディードの昔の恋人よ。ハレムにいる残り二人の愛妾もあたくしと似ているわ。きっとサディードはこういう顔立ちの女が好きなんでしょうね」

冬真は、以前ミシュアルが漏らした言葉を思い出した。

（サディードが恋愛で痛手を負ったっていうのは、昔の恋人が相手だったのかな。でもサディードみたいな性格で、痛手を負うことなんてあるのか？　言うことを聞かなくても、無理矢理自分のものにするような奴なのに……）

ファティマの問いかけが聞こえた。

「……どうしたの、黙り込んで？　サディードの好みが自分のような顔ではないと知って、

ショックだった？」

「ま、まさか」

そんなことでショックを受けるわけはない。自分は一日も早くサディードから解放されたいのだ。

「それなら、リズクも愛人の一人というわけですか」

「あら、そういう意味に取ったの？　違うわ。確かに顔立ちは似ているけれど、性格か何かが好みに合わないんでしょうね。サディードはリズクのことはただの臣下としか見ていないわよ。あの二人を見ていればわかるでしょう？」

「それは、まあ」

「とにかくサディードは物珍しさであなたに手を出しただけよ。いつもそう。サディードは結構遊び好きで、いろんなタイプに手を出すけれど、長続きすることはないの。すぐに飽きてあなたを捨てて、あたくしのところに戻ってくるわ」

「そうですか」

「それまで待てない、一刻も早く解放してほしいという顔ね。……逃がしてあげてもよくてよ」

笑みを浮かべた真紅の唇が、大胆な言葉を紡ぎ出す。ミシュアルが我慢しきれなくなったらしく口を挟んだ。

「ファティマ様、ご冗談にもほどがあります。いくらご寵愛《ちょうあい》の深いファティマ様のお言葉とはいえ、サディード様に知れたら大変なことに……」

「お前とトーマが黙っていればすむことだわ。もし誰かに喋ったら、あたくしもサディードに訴えるわよ。ミシュアルとトーマが二人がかりであたくしの侍女に乱暴したと」

「な……ファティマ様、ご冗談はおやめください！」

「侍女、ですか。あなたではなく？」

悲鳴に近い声をあげたミシュアルを視線で制し、冬真は眉をひそめて問いかけた。

「サディードはプライドが高いのよ。というか、子供っぽいの。そこが可愛いのだけれど、少々独占欲が強すぎるのね。他の男に乱暴された愛妾を今までと同じように愛せるかどうか、わかったものではないわ」

「だから僕に罪を着せるとしても、相手はあなたではなく侍女にするわけですか」

ファティマという女性は、あまり情の深い性格ではないらしい。その分だけ計算高そうだ。交渉の主導権は自分にあると言いたそうな顔で、瞳を光らせた。

「安心なさいな。ここで何を話したか、あなたたちが黙っていればあたくしは何もしない」

「僕は薔薇の治療に来ただけです」

「賢明ね。それに悪い話ではないと思うわ、トーマ。ここから逃げたいんでしょう？　あたくしの実家は、王家ほどではなくても財力も権力も持っているもの。手助けしてあげられるわよ」

「理由がわかりません。なぜ僕を逃がすような危険な真似を？」

「いずれ気が変わるとはいえ、夫の浮気が不愉快でない妻がいると思うの？　あなた、あと一月半も離宮にいるんでしょう。うんざりよ。早く日本へ帰ってちょうだい」

正式には夫でも妻でもないはずだが、そこを追及するとさらに怒らせてしまうだろう。しかし今日会ったばかりのファティマに、いきなり『それでは逃がしてください』という気にはなれない。

（本当に逃がしてもらえるならありがたいけど、信用していいものかどうか……）

返事は保留して、薔薇の鉢を預かり、冬真はミシュアルと一緒にハレムから退散した。


その後も、サディードからの蹂躙は続いた。

時間が空いた時、気が向いた時に遠慮なく冬真を寝所へ引っ張り込む。夜も昼もなかった。

「……もっと腰を上げろ、冬真。違う、頭は下げたままで、こうだ」

「ああぅっ！　やっ……あ、はぁ……ん、んっ……」

「こうした方が、いいところに当たるだろう？」

「う……もう、無理……やめ……くぁあ‼」

「何か言ったか？　聞こえなかった」

冬真をベッドに這《は》わせて、サディードが荒々しく突き上げてくる。一番感じるしこりの部分をごりごりとこすられて、許しを請う冬真の声はもろくもとぎれた。

「お前は、そうやって可愛らしく鳴いていればいい」

笑いを含んだ声が聞こえる。すっかり慣らされた自分の体が情けなく、恨めしい。

シーツをつかんで冬真は必死に耐えようとした。力を入れすぎて、布越しに爪が食い込む掌が痛い。挿入された時に、声をこらえようとしてうっかり頬の内側を嚙んでしまった。嚙み傷から出血したのか、口の中にかすかな鉄の味がする。

サディードの思うままにはなるまい、せめて心だけはしっかり保とうと思うのに、

「あっ、ぁ、あん‼　やっ、ぁ……ひぁうっ！」

硬く熱い牡で前立腺を責められるたび、電流が背筋を走り抜ける。頭の中が真っ白に発光し、何もかもがとけていきそうだ。

ふと気づくと、サディードの突き上げに合わせて腰を揺すり、快感を貪《むさぼ》っている。

愕然《がくぜん》として、反応するまいと気を引き締めるけれど、サディードの手が乳首をつまんでこねたり、冬真自身の先端を軽く撫でたりするだけで、虚勢はあっけなく崩れ、自分でも耳を塞ぎたくなるような甘い声がこぼれてしまう。

（いやだ……いやだ……いやだ！）

そう頭の中で繰り返していたはずなのに、

「あ、ひっ……あ、あああぁーっ‼」

耳に聞こえてきたのは、自分自身の淫らきわまりない絶頂の声だった。空気に混じった精臭は自分がほとばしらせたせいだろうか、それとも内部に感じたサディードの熱が原因だろうか。

体の力が抜けた。腰を支えていた手を放された途端、横ざまに倒れ込む。

「気持ちよかったか、冬真?」

勝ち誇った口調で問われて、反射的に首を横に振った。

「……よがり狂っていたくせに、なぜお前はそう意地を張る」

認めた方がサディードは気をよくして、責めをゆるめるだろう。けれど無理矢理自分を犯した相手が少しでもいい気分になると思うと、腹立たしい。それに、体からの快感は確かにあるのだけれど、初めての時ほどではなかった。あの時は理性も反抗心も突き崩されるほどの大波に襲われ、何もかも忘れて、最後には気を失った。

(あんなに感じるほど実の弟に抱かれたがっていたのか、僕は……)

自分自身が厭《いと》わしくてならない。無言のままベッドに転がっていると、不満げな声が降ってきた。

「優しくしていると、いつまでたってもお前は俺に従わないらしい」

「従っているだろう。こうして何度も、お前の言う通りに……」

「体だけはな。だが他の者は俺に向かって『お前』呼ばわりはしないぞ。まして変質者と罵《ののし》ったりもしない。これで従っていると言えるか。……何が気に入らない。抱いた時には気を失うほど悦ばせているし、冬真が望むなら金でも宝石でも油田でも好きなものをやる。なぜ俺を拒む」

「受け入れたら放り出す気のくせに。傲慢だ」

「捨てられるのがいやで服従しないのか？　だったら愛妾としてハレムに置いてやってもいい。それに俺は今までの遊び相手にも、つき合っている間や別れる時に充分な手当を渡してやった。傲慢だと非難されるいわれはない」

「そうやって、何をしても金ですませられると思っているのが、傲慢なんだ。人の気持ちを、そんなもので動かそうなんて……」

「大抵は、動くぞ」

呟いた声には今までと違って、暗く硬い響きがある。それに気づいて冬真は頭を起こした。サディードは何もない空間を見つめて、言葉を継いだ。

「どうやって見分ければいい？　金目当ての者と、金目当てでない者と、最初は普通に接していたのに俺の素性を知った途端、気に入られようと媚びを売る者と。見分ける方法はなんだ？　逆に、心から俺を愛していると思っていたのに……俺の身分を嫌って、絶対に手の届かない場所へ逃げていった者もいた。俺にどうしろと言うんだ」

返事ができなかった。サディードがこんな翳《かげ》のある表情を見せたのは初めてだ。

（こいつの背景なんか考えたこともなかったけど……そういえば、母親は早くに亡くなって、その後も父親や兄とは離れて、この離宮で暮らしていたわけか）

親身になって接する家族もなく、身分を知って取り巻きになろうと画策する者や、逆に敬遠する者ばかりが周囲にいたとしたら、性格にひずみが出ても無理はない。

「サディー……」

呼びかけようとしたら、サディードがハッとしたように身を震わせた。こわばった顔で冬真を見る。言うつもりのなかったことを口にしてしまったのかもしれない。

「なんだ、その目は。俺に同情でもしているのか？　図に乗るなよ」

険しい口調でサディードは言い、ナイトテーブルに載っていたベルを取り上げた。

澄んだ音が響くと、召使いが入ってきて恭しく一礼した。サディードも冬真も全裸のままだが、まったく表情を変えない。サディードも落ち着き払っている。冬真一人がうろたえてシーツを引き寄せようとしたが、力が入らずうまく動けない。

その間にサディードは何かを取りに行くように召使いに命じた。衣装箱のようなものを捧《ささ》げ持って戻ってきた召使いは、それをベッドの上に置いたあと、相変わらず恭しい態度で立ち去った。

サディードが嗜虐《しぎやく》的な笑みを浮かべて、箱の中のものを取り上げる。

「いいものをやろう。特注で作らせた。お前へのプレゼントだ、冬真」

「何……」

視線を上げて、冬真は息をのんだ。黒革のベルトを組み合わせたものに黄金の飾りがついているが、形状が普通ではない。Tバックの下着を思わせる悪趣味な形が、まともな目的のために作られているはずはなかった。拘束具という方が当たっていそうだ。

それを片手に持ったまま、サディードが冬真を押さえ込みにかかる。

「やめろ‼　何を……」

「恋人にアクセサリーや服を贈ったら、それを身につけた姿を見たいと思うのは当然だろう?」

拒もうとしたが、激しく犯されたばかりで体力が尽きている。サディードは中に放った精液を処理しようともせず、冬真の腰にレザーの拘束具を装着してしまった。黄金の飾りに見えたものは、外れないようにするための留具で、他にも付属品がついていた。短いチェーンでつながった大型ローターだ。

「男性用の強姦《ごうかん》防止器具だ。栓をした上からベルトで固定すれば、俺以外の男がお前を犯すことはできない。ただの栓ではつまらないから、冬真が喜ぶようローターにしてやった」

前もって用意していたはずだが、わざわざこのタイミングを選んで持ってこさせたのは、知られたくない心の陰を知られたことへの意趣返しだろうか。サディードの声には攻撃的な響きがあった。

「ふ、ふざけるな、変態！　放せっ……くぅっ‼」

「ちょうどいい、中から精液が出てきている。オイルはいらないな。俺に突っ込まれた時はいい締まり具合なのに、タイミングよくこぼすじゃないか」

犯された証拠があふれ出ているのを指摘され、冬真の体が羞恥に震える。その間にサディードはローターに残滓《ざんし》を塗りつけ、後孔へ押し込んでしまった。双丘の谷間に食い込む革ベルトが、抜け落ちるのを防いでいる。小さな南京錠で腰のベルトを固定されると、もう外すすべはなかった。

ローターのスイッチはまだ入っていないが、異物感はどうしようもない。

「外せ！　なんでこんなものを……」

「そう言うな。せっかくつけたんだ、しばらくこのままでいろ。感じすぎて漏らしてしまっては恥ずかしいだろうから、根元を締めておいてやる」

「いやだ、よせ！　この色情狂……あぁう！」

革箱には、レザーの短いベルトも入っていた。それを肉茎の根元にはめて締め上げると、淫らな拘束が完成した。

「こうしておけばどんなに気持ちよくなっても、射精することはない。慎み深い日本人にとっては、お漏らしなどハラキリものの恥だろう？」

「この変質者……こんなことをして何が楽しい」

後孔を苛まれつつも罵声を浴びせた冬真に、サディードは笑みを消して眉根を寄せた。

「お前が素直に言うことを聞かないからだ」

「だからそれは……‼」

言い争っていた時、廊下からサディードに向かって呼びかける声がした。

「なんだ⁉　邪魔をするな、今忙しい」

「申し訳ございません。シュンペイ・タツミが参った時には必ず知らせるようにと、殿下が仰せでしたので……今、応接室に通して待たせております」

冬真は跳ね起きた。弟は何をしに来たのか、そしてサディードはなんのため来訪を教えるよう命令していたのか。だがすぐに自分の浅ましい姿に気がつき、黄金の南京錠を引っ張った。小型なのに頑丈で、ねじ切ることができない。

「外せ！　これを外してくれ‼」

懇願したが返事はなく、サディードは奇妙な笑みを顔に貼《は》りつけてこちらを見ている。外す気などないらしいと悟り、冬真はドアの方へ顔を向け、召使いに向かって叫んだ。

「追い返してくれ、頼む！　兄は外出しているとでも言って、春平を帰らせて……」

「そのまま待たせておけ。今、冬真は身支度中だと伝えろ」

サディードの声が冬真の言葉を遮った。

召使いは当然、主の命令を優先する。「かしこまりました、殿下」の返事を残して、召使いは去っていった。

サディードは冷たい笑いを冬真に向けた。

「めったに会えない弟を待たせてはよくない。服を着せてやろう。……俺がこんなに手をかけてやるのはお前ぐらいだ、少しは光栄に感じろ」

嫌味としか思えない言葉を吐いて、サディードはベッドに散っていたシャツを手に取り、冬真に着せかける。そのあとついでのように顎をとらえて口づけた。舌を侵入させて隅々まで探る。互いの唾液《だえき》が混じり合い、ぴちゃぴちゃと淫らな音が鳴った。感じやすい上口蓋を丹念に舐め上げられ、冬真の体が何度も震えた。唇が離れると、間に銀の糸が光った。

冬真のシャツのボタンを一つ一つ留めながら、サディードは念を押す口調で言った。

「今すぐ、弟に会いに行け。このままで」

「い……いや、だ……」

声が震えた。服で隠れるとはいえ、こんな淫らな玩具を装着したままで春平の前に出ることなど、できるわけはない。万一弟にばれたら、どんな目を向けられることか。

しかしサディードが聞き入れてくれるはずはなかった。

「お前がいやだと言うなら、俺が代わりに接待に出向いてやろう。とはいっても共通の話題などないから、冬真の話をすることになる。さぞ驚くだろうな、実の兄に懸想されて肉欲の対象にされていると知ったら……」

「やめろ！」

こぼれた声は悲鳴に近かった。理不尽だが、拒むすべはない。

「会いに行く……。行くから、言う通りにするから、弟には、何も言わないでくれ」

「素直な奴は好きだ。ほら、立て」

サディードは冬真に手を貸して立たせた。唾液で濡れ光る口元をハンカチで拭《ふ》いてくれたが、それは偽りの優しさにすぎない。その証拠に冬真が歩き出すと、埋め込まれたローターが急に激しくくねり動いた。

「あ、あああっ！」

「おっと、すまない。リモコンのスイッチに手が当たった」

わざとらしい口調で偶然を強調するくせに、ローターの振動を弱めようとはしない。淫具に苛まれたままの状態で弟に会いに行けという意味だろう。

「う、くっ……」

召使いに案内されて弟が待つ部屋へ向かった。歩いている間にローターの当たり具合が変わって、腰から脳天へ電流が走り抜けた。膝が折れ腰砕けになりかけたのを、壁にすがって懸命に耐える。けれども革紐《かわひも》で腰に固定された淫具は抜け落ちることなく、冬真を責める。

（畜生……あんな奴に、同情しそうになったのが間違いだった）

意地だけで、冬真は平静なふりを保とうとした。春平はいつも相手の立場を思いやるから、仕事の途中で忙しいと言えばきっと長居はしないだろう。普段は邪険にしているくせに厚意にすがるのは気が引けるが、他にどうしようもない。

この前とはまた違う応接室で、春平は待っていた。

「よぉ。出張でドバイへ行ったからさ、土産《みやげ》を買ってきた。ナツメヤシの菓子。疲れた時には甘いものだよな、やっぱ。アラブにいる兄貴にアラブ土産も変だけど」

待たされたことに文句も言わず、弟は屈託なく笑う。ドバイ土産は口実で、自分の様子を見に来てくれたのだろう。けれども今は一刻も早く帰ってもらいたい。会っている時間が長くなるほど、気づかれる危険が増す。ともすれば荒くなる呼吸を懸命に静め、普段通りの声を出した。

「すまない、待たせて。仕事の途中だった」

「庭仕事か？　ちゃんと紫外線ケアしてるか、兄貴。顔が赤くなってる」

冬真の心臓が跳ねた。表情に出すまいとはしたけれど、ほてりまでは抑えられない。後孔へ押し込まれたローターが内側から体をじんわりと刺激し続けている。

少しでも距離を空けようと思って、細長いテーブルを挟んだ正面の席に腰を下ろした。

「んっ……」

低い呻き声が漏れ、慌てて奥歯を噛みしめた。淫らな喘ぎや表情から、今の自分の状態を弟に知られたらと思うと、恐怖で心臓が破れそうだ。正面に座ったのは失敗だったかもしれない。

(頼む、気づくな……何も気づかないで、早く帰ってくれ)

心で祈る冬真に向かい、春平は心配顔で身を乗り出してきた。

「気をつけないとさぁ、兄貴は昔から日焼けしても黒くならずに赤剝けになるんだから。意外とアラブの民族衣装っていいよ。オレも、仕事の時はスーツだけど、休みの日はあれを着るんだ。風通しがいいし日光を遮ってくれるし。兄貴もそうしたら?」

「そう、だな。考えておく」

ローターが自分の中で震えている。そのかすかなモーター音までもが冬真を脅かした。エアコンの唸りにまぎれるはずだとは思うけれど、鳴っている場所が違う。幸い今のところ、春平は気づいていないらしい。ただ、冬真の状態が普通でないとは感じているらしく、案じる言葉を続けた。

「病気だけは気をつけろよ。兄貴って、変なとこで意地を張って無理するからさ。高校の文化祭の時もそうだっただろ？　クラスのみんなに協力させればいいのに、押しつけられたら一人で意地を張って無理して、風邪《かぜ》引いて熱出して……」

「気をつける」

上の空で相槌《あいづち》を打つのが精一杯だけれど、普段から自分の態度は素っ気ないから、あまり変わりはないだろう。あとは適当に話を切り上げて、春平に帰ってもらえばいい。

だが、そううまくは運ばなかった。

春平が不意に言葉を切って、顔を覗き込んできた。

「兄貴、熱があるんじゃないか？　空調が利いてるのにすごい汗だ」

「べ、別に……っ……」

顔を見られまいとして上体を傾けただけで、後孔を犯すローターの当たり具合が変わる。前立腺を強くこすられて、冬真は息を詰まらせた。

「やっぱ変だって。顔、真っ赤だし。……って、熱あるし！　なんで早く言わないんだよ⁉」

冬真の額に手を当てた春平が、声を高くしてソファから腰を浮かせた。

「乾燥にやられたのか、それとも水が変わったせいか？　微熱みたいだけど、外国で病気になってこじらせたら厄介だ。部屋へ戻って休めよ、オレが連れてってやる。どこなんだ？」

「いら、ない。大丈夫だ」

「大丈夫な顔をしてないって。歩けないほど疲れてるのなら、背負うよ」

春平は心配顔で自分の腕に手をかけ、立たせようとする。肩を貸して居室まで連れていってくれるつもりだろう。けれども冬真は差し伸べられた手を振り払って拒んだ。

春平が不審に苛立ちをくわえた表情で問いかけてきた。

「なんなんだよ。なんでそんなに強情を張るんだよ」

「そういう、わけじゃ……」

答えに窮した冬真の代わりに、戸口から楽しげな声がした。

「冬真は慎み深い気性だからな。いくら弟でも、無闇に体に触れられたくないのだろう」

「……っ……サ、サディード……」

冬真は引きつった。

何をしにこの部屋へ現れたのだろう。自分の体に施した辱めのことを春平に教えるつもりなのだろうか。不安と緊張のあまり、冬真の体温が下がる。

サディードは冬真へ歩み寄りつつ、当惑顔の春平に向かって話しかけた。

「私がザムファ王国第二王子、サディード・ビン・イスマイル・アルズワリールだ」

冬真がよく知っている、獲物を前にした肉食獣のような笑みではなく、外交用のロイヤルスマイルで、口調も多少やわらかだった。

「え、え、日本語？」

「驚くほどのことではあるまい。愛《いと》しい冬真の国の言葉だ、集中的に学んで覚えた」

「愛し……」

王子の登場と、流暢《りゅうちょう》な日本語に面食らっていた春平が、絶句した。サディードは気にする様子もなく喋り続ける。

「冬真の弟ならば私にとっても弟のようなものだから、明かしておこう。宗教的な問題で表沙汰にはできないが、冬真と私は愛し合っている」

「な……‼」

たとえ冗談であっても、聞き捨てにはできないレベルだ。思わず立ち上がってサディードをどなりつけようとしたが、冬真の肉茎は、根元をベルトで縛《いまし》められている。体に力が入ったせいで、その締めつけがまともに響いてきた。

「……っ！」

上げかけた腰が、再びソファの上に落ちた。上半身を支えることさえできずに倒れかかる。すばやく伸びて冬真を支えた腕は、サディードのものだった。

「大丈夫か。具合が悪いのに無理をするな」

「お、お前が……‼」

元凶のくせによくも──という台詞《せりふ》は、弟の前では口に出せない。サディードが勝ち誇った笑みを浮かべて視線を合わせてきたせいだ。冬真はうなだれた。

春平はまだ驚きから立ち直っていないらしい。

「いや、あの……その、あ、愛し合うって、男同士で恋人って、その、つまり……だけどイスラム教では、確か、それは」

「信じられないか？　冬真は日本人の美質にあふれて、とても貞淑だ。だから私に操を立てて、弟の助けさえ借りまいというのだろう。そうでなくて実の弟の助けを拒むものか。……そうだな、冬真？　お前の口からはっきり、愛し合っていると説明してやるがいい」

ぬけぬけとサディードが同意を求めてくる。内心の悔しさを押し殺し、冬真は懸命に呼吸を整え、口を開いた。

「殿下の言う通りなんだ、春平。僕は殿下と、恋……恋人同士に、なって……。頼む、誰にも言わないでくれ」

「いや、そんなの、言うわけないけど。秘密は守るけど、でも兄貴が？　ほんとに？」

「本当だ……頼むから、何度も言わせるな」

「ご、ごめん」

おたおたしている春平を放っておいて、サディードは冬真を抱き起こした。

「大丈夫か。まだ昨夜の疲れが残っているのだろう、無理をするな。弟とはまたいずれゆっくり話せばいい。今は休め。ベッドまで連れていってやる」

「やっ……やめ……」

「私の胸をこれ以上不安で波立たせるな。お前はここの気候に慣れていない。ただの疲れと甘く見ていて、病に倒れたらどうする。想像しただけでも、私は仕事が手につかない」

歯が浮くほど甘い言葉を春平にも聞こえるように囁いてから、サディードは冬真を両腕で抱き上げ、春平に視線を向けた。

「冬真を部屋へ連れていって、医者に診せねばならない。歓待したいところだが、今は愛しい冬真のそばについていたいのだ。しばしここにいてもらおう」

「えっ、いや、あの……ちょっと待ってください！」

「すぐに召使いをよこす。食事でもしてくつろぐがいい」

うろたえる春平を残し、サディードは冬真を抱いて廊下へ出た。春平が追いかけてこようとしたが、召使いの制止する声が聞こえる。結局室内へ戻されてしまったようだ。

「ぁ……ふぅっ……」

冬真は喘いだ。弟の目がなくなったと思うと張りつめていた気持ちがゆるんで、ローターの刺激が格段に強く感じられる。サディードが薄く笑った。

「あの弟、鈍感にもほどがあるな。これほど淫らな表情のお前を見て、病気で熱があると勘違いできるのだから」

「言う、なっ。僕のことは、いい……でも春平を、馬鹿にするのは……くぅっ……」

「弟思いなことだ。……気に入らんな」

てっきりサディードの部屋か、あるいは冬真の居室へ連れていかれると思っていたら、サディードはすぐ隣の扉の前で足を止めた。ついてきていた召使いが、すばやく前へ回って扉を開く。

「サディー、ド……？」

「その息づかいでは、部屋に着くまで待ちきれないだろう？　ここで可愛がってやる」

親切そうな申し出だが、真意は違うだろう。春平がいる部屋のすぐ隣で冬真を抱き、いたぶりたいのに違いない。

この部屋はいくつも並んだ応接室の一つだった。サディードは冬真をソファの上へ放り出したあと、召使いに向かって、呼ぶまでは部屋に入るなと命じた。ドアが閉まるのを確かめもせず、冬真に覆いかぶさってくる。

座面がゆったりした大型のソファは、二段に重ねた厚いクッションをはじき落とせば、ベッドとして使うのになんの不都合もなかった。

「や……やめろ、こんな場所で！」

日本で冬真が住んでいる安い賃貸マンションとは違う。離宮の分厚い壁は、きっと物音も声も遮ってくれるはずだ。そうとわかっていても隣の部屋に弟がいると思うと、到底受け入れられない。懸命に押しのけようとしたが、力の入らない体が意志を裏切った。

「放せ！　この、恥知らずっ……ぅ、くぅっ！」

ズボンの前を遠慮なくつかまれ、冬真の呼吸が一瞬止まった。硬く勃ち上がった肉茎に巻きつけられた革ベルトが食い込んでいて、痛くてたまらない。その状態でサディードに鷲づかみにされ、先端の粘膜が肌着の生地に強くこすれた。苦痛で体が大きくのけぞる。

けれども股間を軽く揉まれると、痛みの底から甘い快感が湧き上がってくる。衣服越しでなく昂った牡を直接しごいてほしい、弄んでほしいという渇望が、今にもこぼれ出そうだ。

喘ぐ冬真を見てサディードがせせら笑った。

「恥知らずはどっちだ？　さっきは間にテーブルがあってよかったな。どういう状態か弟にばれなかった」

「……っ！」

サディードは冬真にのしかかったまま、ズボンのファスナーを下ろした。あらわになった下着の上から冬真自身を撫でて、含み笑いをこぼす。

「完全に勃っている。根元を締めていなかったら、とっくに漏らしていただろう」

「う、うっ……」

言葉を口に出すことができず、冬真はただ左右に首を振った。涙がにじんで目の前が霞む。自分の体はどうしてこんな恥知らずなのだろう。

「泣いているのか？　可愛い奴め。わかった、いじめるのはこのくらいにしてやろう」

言葉と同時に、後孔を苛んでいた振動が消えた。ローターのスイッチが切られたのだ。そのままサディードは冬真のズボンと下着を引き下ろして、黒いレザーの拘束具をむき出しにした。黄金の南京錠を外し、チェーンを引いてローターを中から抜き出した。だが肉茎の根元を縛ったベルトだけはそのままだ。

「ぁ……ふ、ぅっ……」

思わず喘ぎがこぼれた。

後孔への刺激は消えた。だが体に呼び起こされた熱はそのままだ。射精することもできず、快感と痛みで今にも肉茎がはじけそうだった。ベルトを外そうと自分の股間へ手を伸ばしたが、サディードにあっさり払いのけられた。

「どうした、物足りないか。どうしてほしいんだ、こうか？」

「あっ！　く……ぅ……や、やめ……」

サディードの手が体を撫で回す。だが鋭敏な場所には触れず、二の腕や脇腹、鎖骨のあたりばかりで、それもシャツの上からだ。もどかしい。

今度は腿を撫で上げたあと、尻肉をつかまれた。普段なら痛いと感じるほどの力で揉まれる。けれどその痛みなど、今の冬真には些細《ささい》なことだった。つらいのはベルトで縛められて今にもはじけそうな肉茎だ。

「ほしいか、冬真？」

「あっ……ぅ……」

「正直にほしいと言え。そうすれば抱いてやる」

耳をくすぐるサディードの声は、偽りの優しさに満ちている。けれど偽りとわかっていても受け入れずにはいられないほど、冬真の体は熱くほてっていた。肉茎が痛くて苦しくて、気が狂いそうだった。それにこのまま反抗し続ければ、サディードは春平に『お前の兄はお前に懸想している』とばらすかもしれない。

（それにどうせ春平はもう、僕が王子の愛人だと思っている）

体をほてらせる熱はますます強く燃えたぎる。ただ一言口に出せば、苦痛の形を借りた快感からは解放されるのだ。ほんの一瞬耐えればすむことで、心からサディードに屈服するわけではない。

「抱いて、くださ、い」

とぎれとぎれに懇願した。しかしサディードは冷たく笑って体を起こし、冬真の上から離れた。

「いいだろう。俺にまたがれ」

「え……」

「俺が抱きたいんじゃない。お前が抱かれたいんだろう？　だったら全部自分でやれ」

そう言ってソファにもたれかかった。衣服をくつろげて牡を勃たせ、自分の中へおさめるところまで、すべて冬真にさせるつもりらしい。悔しいが、どうしようもなかった。

冬真はゆっくりと息を吐いて少しでも落ち着こうとした。床に下りてひざまずき、豪華な刺繍が施された長衣をめくり上げてズボンと下着をずらす。あらわになったサディード自身は、まだ半勃ちというところだ。それでも標準より一回り以上は大きいのではなかろうか。

カフェオレ色の肌よりも一段と濃い色で黒光りしているのが、威圧感をにじませる。

犯されるためにこんなものに奉仕するのかと思うと、惨めでならない。視線を逸らし、手を添えてしごき始めた。

「気のない手つきだな。せっかく抱いてやると言っているのに、そんなやり方ではいつまでたっても始められないぞ。思いきりよく、口を使ってみたらどうだ?」

優しい口調なのに嘲笑《ちょうしょう》を声音に混ぜるという器用な真似を、サディードはやってのけた。

袋をつかんで握りつぶしてやったらどんなに気分がいいだろう。しかし現実には、命令に従うことしかできない。

初めての行為だけに口にふくむのはためらわれ、舌を這わせてみた。

「……っ……」

冬真は息を詰まらせた。舌先に、熱さと、弾力を持った硬さが伝わってくる。

使っているコロンは麝香《じゃこう》をメインに調合されたものだろうか。動物性の、野性味を帯びた香りがサディードの汗や牡が蒸れたにおいと混じり合い、濃厚すぎて眩暈がしそうだ。

丸い先端を舐め回し、頂点の小孔へ尖らせた舌を差し込んだ。男同士なのでどこが敏感なのかはわかる。大して深くは入らないが、効いたらしい。サディードが低く呻いて眉根を寄せた。

「んっ……やるじゃないか。男に奉仕する才能があるな、冬真」

強制した当人に貶《おとし》められるのは腹立たしいが、口答えをすればそれだけ苦しく不愉快な時間が延びる。黙って冬真は舌を使い続けた。

横顔にサディードの視線を感じる。こんな真似をさせられているのに、恥知らずにも自分の体は硬く勃ち上がったままだ。牡を舐め回す姿は、他人の目からはどう見えているのだろう。羞恥と屈辱で全身が熱くほてり、脇や掌には汗がにじむ。

サディードが笑った。

「弟は今頃お前が医者の治療を受けていると思って、心配しながら待っているだろうな」

「そ、そんなことっ……」

なぜわざわざ、思い出させるような台詞を吐くのだろう。記憶の隅に追いやって考えないようにしていたのに、改めて指摘されると、心が針を刺されたように痛む。

悔しくてにらみつけたら、サディードが顔から笑いを消した。

「抱いてくれとねだってきたくせに、弟のことを言うと反抗的な態度に戻るんだな。俺と一緒にいるんだ、他の男のことなど考えるな」

「な……お前が、持ち出した話じゃないか！」

「いいから奉仕を続けろ」

「んんっ！」

髪をつかまれ、口元に牡を押しつけられて、冬真の反論はとぎれた。

自分から春平の話を振っておいて、冬真が反応すると不機嫌になる。単なる遊びなのに体だけでは満足できないなど最低だ。だが怒りを抱えたままでも奉仕を続けるしかない。

口淫は初めてなので上手なはずはないが、無理矢理冬真に言うことを聞かせた征服感が、サディードにとっては精神的な快感になったのだろうか。牡が硬く熱くたぎり立って天を向いた。

「そろそろいいだろう。中へ入れろ、冬真」

「……」

こうなれば、さっさと終わらせたい。冬真は、仰向けに寝転んでいるサディードの上に両脚を開いてまたがった。このあたりかと見当をつけて腰を落とす。熱く硬い先端が、腿の内側に触れた。

「う……」

自分が今何をしているのか考え、悔しさで目の奥が熱くなる。涙がこぼれそうだ。冬真は慌てて意識を他へ向けた。

(終わる。これさえすませれば、終わるんだ)

熱に濁った頭の中で、呪文《じゅもん》のように繰り返した。実際には何も終わりはせず、今日と同じように凌辱《りょうじょく》される日々が続くのだろうけれど、それを考えたら心が折れてしまう。片手をついて体重を支え、片手をサディードの牡に添えて自分の後孔へと導いた。

「く……うぅっ！」

先端をどうにかおさめたが、きつい。粘膜が引きつる。サディードを勃たせることに気を取られ、自分の後孔を慣らしておかなかったせいだ。少し前に犯された時の残滓がなければ、入りもしなかっただろう。

サディードと視線が合った。ぎこちない冬真のやり方を面白がる気配が瞳に浮かんでいる。

「毎回いやだと言っているくせに、いざとなると慣れたものだな。本当は好きなんじゃないか？」

「お、お前が強制するからだ！　誰が、こんなこと……‼」

「そうか？　自分の穴をほぐす時間も惜しいほど、早く入れたかったんだろう？」

つい言い返してしまった。だが逆にからかわれて、辱める言葉を投げつけられただけだ。

唇を噛んで視線を逸らし、冬真は体重をかけてゆっくり体を下ろしていった。けれども体が緊張して筋肉の力が抜けないのか、うまく入らない。

「うっ……ふ、ぅ……」

「どうした、まだ半分入っただけだぞ。……手伝ってやろうか？」

「うぁああっ！」

不意打ちで、サディードが勢いよく突き上げてきた。腰を落とそうとしていたところだからたまらない。根元まで一気に入った。

サディードが荒い息をこぼして、腰を揺り動かす。

「摩擦がきついな。痛いくらいだ。……処女を抱いているようで、これも悪くはないが」

「やっ……ま、待て、待ってくれ！　まだ、動くな……うぁあっ‼」

サディードが痛みを感じるほどだから、貫かれる冬真の苦痛はさらに強い。突き上げから少しでも逃れるため、ソファに手をついて体を支えようとするけれど、やわらかいクッションではとても安定は得られなかった。粘膜が引きつり、裂けそうだ。

泣くつもりなどなかったのに、苦しくて涙がにじみ出てきた。

自分はどうしてこんなことをしているのだろう。男でありながら、自分から男にまたがって貫かれている。愛情があるのならばまだしも、自分はサディードに対して怒りしか持っていない。

「い、痛い……やめ……ぅっ……」

懇願したところで、サディードがやめてくれるはずもない。いつしか冬真はサディードの胸に手を置いて上体を支えていた。

「そんなにつらいか？　だったら、気持ちよくさせてやろう」

突き上げをゆるめることはなく、サディードは左手で冬真の腰をつかまえ、右手を伸ばして冬真の肉茎をいじったり乳首をつまんだりして弄ぶ。

「よせっ……あっ、ぁあぅ！」

粘膜の引きつる痛みが少しずつ楽になってきたのは、自分の体が反応を始めたからだろうか。サディードに以前、教えられた。男であっても、後孔を責められ続けると体がなじんでくるものらしい。だが後ろの痛みがやわらぐ代わりに、締めつけられた前の痛みが強くなる。敏感なしこりをこすられるたび、甘い電流が後孔から全身に走り抜け、頭の中が真っ白に光る。容赦なく突き上げられかき回すように責められて、体の昂りを止められない。それなのに肉茎の根元を締めるベルトが邪魔をして、射精できない。快感と苦痛がない交ぜになって、冬真の意識を崩していく。

「ひぁっ！　んぅっ……や、やめ……‼」

「本当にやめてほしいのか？　ここはかちかちに張りつめているし、乳首もいやらしい色になって尖って……涎を垂らしてよがり泣きしているその顔を、鏡で見せてやろうか」

「あっ、ぁあ、あ！　もぅ、許し……苦し、い……」

どれほどの時間、責められ続けただろうか。

「限界か？　イきたいか、冬真？」

「イきた、い……あっ、ぁあ！　イかせて……もう、もぅ、許してくれっ……‼」

「いいだろう、くれてやる。……吸い取れ！」

サディードが一際強く突き上げるのと同時に、冬真の肉茎を縛るベルトの留具を外した。

「……っ！」

ぱちんと金属のはじける音が響き、ベルトが外れる。大きく体を震わせて冬真は達した。同時に、自分の体内にも熱い液体を注ぎ込まれたのを感じた。

体を支えきれなくなり、倒れ込んだ。自分が放った液が、二人の体の間でぬらつく。熱い吐息が耳にかかり、激しい鼓動が伝わってくる。それが誰のものか意識することなく、冬真は広い胸にもたれて荒い呼吸を繰り返した。

そのまま、どのくらいの時間そうしていただろうか。

「ふん……いつもそういう可愛い態度でいればいいものを」

囁かれ髪を撫でられて、冬真は我に返った。自分はいったい誰にもたれて休んでいるのか。慌てて身を起こし、飛び離れた。まだ自分の中に入ったままだったサディードがずるりと抜けていく。中に放たれた液体がこぼれ出るのを感じて、身震いした。

それでも休んでいた間に、動ける程度には体力が回復したようだ。ソファから下りて、テーブルのティッシュをつかむ。

身繕いをして衣服をまとうのを、サディードは不満そうな顔つきで見ていた。さっきもたれかかってしまった分を打ち消すように、冬真はにらみ返した。サディードが舌打ちして電話を取り上げ、召使いを呼ぶ。他人に世話をさせることに慣れきった砂漠の王子は、事後の始末や着替えさえも毎回他人にさせていた。冬真には、そんな悪習に染まる気はない。

召使いが入ってきたのを汐《しお》に、ふらつく足で冬真は部屋を出ようとした。サディードが後ろから呼びかけてきた。

「お前の弟はまだ待っているらしいぞ。医師の診察と治療を受けていると言っても、ちょっと顔を見て話すだけでもいいからと、食い下がってきたそうだ。頑固なのか、馬鹿なのか……」

「そういう言い方はやめろ、弟がお前から馬鹿にされるいわれはない！」

反抗が気に障ったらしく、サディードが不機嫌そうに顔を歪めた。

「未《いま》だに自分の立場がわかっていないらしいな」

「……」

「お前自身の口からもう一度弟に、俺の愛人だと説明しろ。いや、説明だけじゃない、信用させるんだ。今度はローターがないし、まともに喋れるだろう。……これ以上逆らうなら、俺があの単純馬鹿に本当のことを教えてやる」

悔しくてたまらない。犯されたうえ脅迫されて、ここまで踏みつけにされる理由がわからなかった。冬真は吐き捨てるように呟いた。

「……満足か？」

怪訝《けげん》そうな目を向けてきたサディードに向かい、繰り返す。召使いの前で言うことではないとも思ったけれど、我慢できなかった。

「玩具を仕込んだだけじゃなく、わざわざ部屋まで来て、僕にお前と恋仲だと嘘《うそ》をつかせて……信じさせるも何もない、弟は素直だからさっきのやり取りだけで充分だろう。きっと僕を蔑んだ。離宮にいる者の大半と同じように。……これで満足したか?」

サディードが眉をひそめた。

「何を勘違いしている。俺は別にお前と弟の仲を裂きたいわけじゃない。お前が従わないからお仕置きをしただけだ。お前さえ従順になれば優しく扱ってやる」

「悪いのはすべて僕で、お前じゃないってことか」

苦い笑いが口元に浮かんでくる。サディードが眉根を寄せた。

とにかく、サディードのような性格の男と言い争ったところで始まらない。早く春平に会わないと、弟はいつまでも心配しながら待っているだろう。それが体調を心配してのことか、兄を軽蔑して絶縁を申し渡すためなのかはわからないが。

ドアへ向かう冬真に、サディードの声が飛んできた。

「待て。お前を蔑んだというのは誰だ? 召使いか、庭師連中か? お前が傷ついたというなら、すぐにそいつを処罰してやろう」

「ありがたいな。ぜひそうしてくれ。僕を虐待しているのは、サディードという奴だ」

言い捨てて冬真は、部屋を出た。レイプしたうえ心までも支配しようとしながら、その傲慢さに気づいていないサディードが疎ましくてたまらなかった。

冬真が入っていくと、春平がソファから飛び立つようにして駆け寄ってきた。

「兄貴、大丈夫か？　時間がかかってたけど、点滴でも受けてたのか？」

「ああ、ちょっと……でももう平気だ」

「確かに、さっきみたいな変な脂汗は出てないみたいだけどさ」

春平がじっと顔を見つめてくる。いつもの陽気な表情とは違って、何か言いたいことがある様子だった。

（蔑んでいるなら……同性愛など汚らわしいと思うなら、早く帰ればいいじゃないか）

沈黙に耐えきれず、冬真の方から口火を切った。

「もう大丈夫だ。お前はこんな場所で油を売っていていいのか。さぼりでクビになる前にさっさと会社へ戻ったらどうだ」

「あっはは、本当に大丈夫みたいだ。いつもの兄貴らしくなった」

とげとげしい言葉にも気を損ねた様子はなく、春平は笑い声を響かせた。そのあと、思いきったように言い出す。

「あの、さ……サディード王子のことだけど」

今一番聞きたくない名前だ。その男に抱き上げられて弟の前から退出した自分の姿を思い出すと、恥ずかしさで顔に血が昇る。けれどもその反応を春平は誤解したらしい。

「あっ、ごめん！　からかうとか冷やかすとか、そんなんじゃないんだ。びっくりしただけだよ。その、意外な相手だったからさ」

冬真は何も言えずにうなだれた。無理に朗らかさを装うような弟の口調が、余計に情けない。あんな男と恋仲であってたまるか、とわめき散らしたいが、それはできない。自分はサディードの思い通りに動くしかないのだ。

冬真の沈黙を深読みしたらしい。春平の声音に、真摯《しんし》ないたわりがにじんだ。

「違うよ、兄貴。そんなに思いつめた顔するなって。ほんとに、びっくりしただけなんだ。悪いことだなんて思ってないよ。兄貴が幸せなら、オレは応援する」

おそるおそる顔を上げたら、弟は自分を元気づけようとするように何度も頷いた。

「いいと思うよ、兄貴と王子、似合うもんな。一緒にいると絵になるし。うん。変な言い方だけどさ、びっくりしただけじゃなくて、実は安心したんだ。……兄貴って誰からも距離を置いてる雰囲気で、他人に頼るってことをしないだろ。何かあった時にはどうなるのかって、オレは心配してた。でも寄りかかれる人ができたなら安心だ」

「春平」

「まだまだ世間の目は同性愛に厳しいし、ましてイスラムじゃタブーだけどさ。オレは祝福するし、応援する。オレにできることならなんでもするよ。万一、あの王子が兄貴のこと騙して弄んだとか、一方的に捨てるとか、そういうことがあったら言ってくれよ。王子でもなんでも関係ない。オレが文句を言ってやる」

冬真の両手を強く握り、『オレはいつでも兄貴の味方だから』と言い残して、春平は帰っていった。

(僕は……僕は、どうしたら……)

弟が召使いに案内されて離宮を出ていくのを見送ったあと、冬真は廊下に立ちつくした。

春平は芝居を見抜けず、自分とサディードが恋人同士だと信じ込んだ。秘密を隠し通せたことを喜ぶべきなのだろうが、安堵《あんど》感以上に絶望感が強かった。応援すると言った弟に比べれば、自分はどうしようもなく不純な人間だ。卑猥《ひわい》な行為にふけりながら弟に会い、そのあとはすぐ隣の部屋で、サディードに口で奉仕し自分からまたがったあげく、いかせてくれと懇願した。こんなに恥知らずな振る舞いがあるだろうか。

自己嫌悪に苛まれて立ちすくんでいたが、ふと気づくと窓からの日差しが傾きかけている。

(しまった。中庭へ行かないと)

昼間からサディードの寝所へ引っ張り込まれて抱かれ、そのあとは弟と会っていた。昼寝の時間はとっくに終わったのに、仕事をほったらかしにしている。樹医の仕事を放置してサディードの相手をしていたのでは、若い庭師たちに馬鹿にされて当然だ。

冬真は廊下を走って中庭へ向かった。

建物から出た途端に、日差しがまともに照りつけてきた。傾きかけた西日とはいえ、アラブの太陽は強烈だ。目に映る景色が歪んだ。そのまま、すうっと暗くなっていく。

「トーマ様⁉」

アブドゥルの叫びが聞こえる。

遅くなってすまない、と答えたつもりが声にはならず、冬真は倒れた。


声が聞こえる。やや甲高く、苛立った気配の混じった声だ。英語なので最初はよくわからなかったが、意識が鮮明になるにつれて意味が脳へ届くようになった。

「……ですから申し上げたでしょう。火遊びは適当なところで切り上げるのが殿下のおためだと」

「限度は心得ている」

返事をする声はもっと不機嫌そうだ。リズクとサディードが話しているらしい。

「本当にそうなら、トーマ・タツミが過労で倒れることはなかったでしょう。殿下のために申し上げます。この男は即刻日本へ帰すべきです」

「リンデンの治療はまだ終わっていない。父上ががっかりなさる」

「理由はなんとでもなります。このままでは妹の二の舞になりますよ」

「ジアのことは言うな！」

険しい口調で遮ったあと、サディードは一転して力ない声でつけくわえた。

「妹を失ったお前に対しては、すまないと思っている。だが……ジアのことは言わないでくれ」

「お許しください。あの時のように、殿下のお心が傷ついてはと案じられ、つい差し出たことを申し上げました」

冬真の脳裏を、以前ファティマに聞いた話がよぎった。ジアというのがリズクの妹で、昔サディードの恋人だった女性らしい。人を人とも思わない傲慢な王子が、懇願混じりの切ない声音で話すのは初めて聞いた。

「……とにかく、ここに殿下がいらしても仕方がありません。そろそろ晩餐会に出かけるお支度をなさらないと」

冬真は心の中で賛成した。自分が倒れる原因に見守られても気が休まらない。しかし、

「キャンセルしろ。俺はここにいる。……代理でお前が行ってこい」

「殿下!?」

リズクも驚いたようだが、冬真はもっと驚いた。まぶたがぴくっと動いてしまった。目ざとく見つけたらしく、サディードが身を乗り出してくるのがわかる。

「気がついたか、大丈夫か。……冬真？　おい、返事をしろ。起きないか。寝るな」

これを心配している態度と言っていいのだろうか。眠ったふりを続けていつまでもそばに

居座られるより、もう大丈夫なことを知らせる方がいいかもしれない。冬真は目を開けた。

「気がついたな、冬真。気分はどうだ？　お前は廊下で倒れていたんだ。大丈夫か、どこか痛むとか苦しいとか、そういうことはないか」

「何もない」

「遠慮するな。この俺がこれほど心配してやっているんだぞ、正直に言え」

どうしようもなくえらそうな態度だ。けれどもサディードの瞳には明らかな安堵の色がある。態度は不適切だが、本当に自分を心配していたのだろうか。そう気づいたら、口に出すつもりだった『平気だから、とっとと部屋を出ていってくれ』が言えなくなった。

（こいつ、こんな顔をしていたんだったか……？）

褐色の肌も青い瞳も、意志の強さを示すような濃い眉も、見慣れていたはずだった。それなのに今日初めて見るもののような新鮮さで眼に映るのは、顔に浮かんだ表情が今までのサディードとまったく違うせいだろうか。普段の傲慢さが薄れて、なんだか、迷子になっていた子供がようやく知った道を見つけた時の顔に似ている。

（……だめだ。こんなことでほだされてたまるものか）

サディードが自分にしてきたことを考えれば、許せるものではない。言葉こそ飲み込んだものの、拒絶を示して冬真はそっぽを向いた。

「殿下。病人の意識が戻ったことですし、もう……」

リズクがサディードに話しかける声に重なって、ノックの音が聞こえた。

部屋にいた召使いがドアの前へ行き、細く開けて外にいる者と何か話している。聞き覚えのある声は、庭師のうちの一人だ。切迫した口調で話される言葉の中に『リンデン』という言葉を聞き取り、冬真は体を起こした。

「どうした？」

支えるつもりかサディードが手を伸ばしてくる。杖《つえ》はないので他につかまるものはない。気は進まなかったが仕方なくその手にすがり、ベッドから下りようとしながら冬真は答えた。

「廊下の声……リンデンに何かあったんだ。見に行く」

「放っておけばいい、そんなもの。お前は倒れたばかりだぞ」

冬真は非難を込めてサディードを見つめた。倒れた原因の多くは、サディードが作ったのだし、自分の仕事を『そんなもの』という言葉で片づけられるのは心外だ。

「僕は、あの木が元気になる手助けをするために、この国へ来たんだ。あの木のためだ。お前の玩具になるためじゃない」

冬真が引き下がらないと悟ったのだろう。

「わかった。連れていってやる。……リズク、いつまでここにいる。早く行け」

何か言いたげなリズクを追い出し、サディードは冬真の脇に腕を回してしっかりと支えた。

ドアへ向かって歩きながら、不満そうに呟く。

「あんな木のどこがそんなに大事なんだ」

「いやならサディードは来なくていい。手の空いている人を誰か呼んでくれ」

「この俺が手を貸してやっているんだ、もう少し感謝したらどうなんだ」

「だから、いやなら他の誰かを……」

「寝間着姿のお前を他の奴に抱きつかせるのか？　ふざけるな。お前は俺のものだ」

なんなのだろう、この台詞は。反省から出た言葉としては可愛げがなさすぎるし、そもそもサディードが反省などという殊勝なことをするとも思えない。だとしたら独占欲だろうか。

茜色《あかねいろ》の日差しに彩られた廊下を歩いて、中庭へ出た。離宮の主までが来るとは思っていなかったのか、リンデンのそばにいたアブドゥルが目を剝く。サディードが命じた。

「何ごとだ。冬真は病人だ、手短に言え」

「こ、これは……殿下までおいでになるとは……いえ、その、リンデンの根に、線虫がついているのが見つかりまして」

サディードを押しのけ、冬真は木に近づいてアブドゥルが指さす場所を見た。状態を調べるために土を掘って露出させた根に、瘤《こぶ》ができている。健康な木ならなんということもない虫害だが、重病人にただの風邪が命取りになるように、弱った木には大敵だ。

「消毒を繰り返さなきゃならないな」

「薬剤は何を使いましょうか」

アブドゥルと打ち合わせをしたあと、冬真はそっと木肌に手を当て、心の中で語りかけた。

(可哀相に。でもアブドゥルが見つけてくれてよかった。これからしばらく薬を使うけれど、治すためだから我慢してくれ)

視線を感じて振り返ると、サディードがじっと自分を見つめていた。青い瞳に浮かんでいるのは、驚きと懐かしさにわずかな苦渋を交えたような、今までに見たことのない表情だ。どうしたのかと思って視線を返したら、サディードが身じろぎして視線を逸らした。自分が冬真とリンデンを見つめていたことに、今気がついたという様子だった。くるりときびすを返す。

「アブドゥル、用がすんだらさっさと冬真を部屋へ戻せ。半病人だぞ」

冬真に言っても聞かないとわかっているのだろう。背中を向けたままアブドゥルに命じておいて、サディードは中庭から出ていった。

その夜、冬真の部屋にサディードが来た。だがいつもとは様子が違った。

「起きていたか。……少し話をしても構わないか?」

パソコンに向かっていた冬真は、面食らった。今までのサディードときたら、勝手に鍵を開けて入ってきては冬真の拒絶を無視して押し倒すのが通例だった。

「どういうことだ、サディード。何を企《たくら》んでいる?」

「ご挨拶だな。話をしたいと思っただけだ。イスラム教では飲酒を禁じているからな。酒を置いていいのは客人の部屋だけだ。飲みたければお前の部屋に来るしかない」

きっと口実だろう。イスラム教が禁じているのは飲酒だけではない。男色もそうだ。召使いたちの目をまったく気にせず冬真にちょっかいをかけてくるくせに、飲酒だけを隠すわけがない。だがなんのために口実を使うのか。

ソファに座ったサディードの前に酒とつまみを用意したあと、ミシュアルは命令に従って部屋から出た。二人きりになってもサディードは動かない。

本当に会話をするつもりだと感じて、冬真はパソコンをシャットダウンし、向かいのソファに移った。ただし下戸なので、口に運ぶのは酒ではなくミネラルウォーターだ。サディードは黙ってグラスを口に運ぶばかりで、何も言い出さない。顔にはためらいと困惑の色がある。居座られても困るので、冬真から水を向けた。

「話があるんじゃなかったのか」

「うむ……その、お前は木を……なんというか、真面目に仕事をしているんだと思った」

「何度も邪魔をしておいて、今更よく言う」

腹立たしさが甦《よみがえ》ってきて吐き捨てる口調で言うと、サディードが目を逸らした。何か小声で言ったようだが、小さすぎて聞こえない。

（なんなんだ、ますますらしくないぞ。いつもなら逆ギレして押し倒しにくるのに）

冬真は眉をひそめてサディードの顔を見つめた。

「お前、どこか病気か？」

「違う。その……ええい、くそ。ゆっくり話をするのなど久しぶりで、勝手がわからん」

「なんだ、それは。召使いとは命令ばかりで会話などしないだろうが、国王陛下とか兄の王子とか、友人とか愛人とか、話し相手ぐらいいるだろう」

「いない。父上相手だと拝聴するばかりだし、兄上とは敵対こそしていないが親しくもない」

「お前の自業自得だ」

「容赦がないな。まあいい。夕方、お前は木の幹に手を当てていただろう。あれは誰に教わったことだ？」

「教わったわけじゃない。なんとなく始めたことだ。木にもたれたり手や顔を当てると気持ちいいから」

幼い頃、神社の楠《くすのき》にもたれてひんやりした木肌の感触に癒《い》やされたのが、木との関《かか》わりの始まりだ。あの経験が自分を木に引き寄せ、植物学へ進む道を作った――そう思い返しつつ冬真は答えた。

サディードが水割りを一息に呷《あお》って言った。

「母上が……お前と同じように、あの木の幹に手を触れていた。頬ずりしていたことも、唇を当てていたこともあった。ずっと忘れていたのに、お前の仕草で思い出した。俺にとってあまりいい母親ではなかったが、それでも、たまには……優しかったな」

亡くなった人への懐かしさと愛惜と、顧みられなかった苦い記憶を混ぜ合わせたような眼をして、サディードは冬真に問いかけてきた。

「俺の母が東欧出身だというのは知っているか？」

「ああ。国王陛下に伺った。あのリンデンは、故国から移植したものだという話も」

「母は貧乏貴族の娘だった。借金だらけで城も領地も抵当に入っていて、あと一年もたてばすべて手放すしかないという時期に父と知り合って、求婚されたそうだ。受け入れたのは純粋に金目当てだったと言っていた。愛情なんて一切なかったし、暑苦しいアラブの気候も奇妙な風習も大嫌いだった、ただ生まれ育った城と領地の森を守りたくて結婚しただけだと……お前など生みたくなかったと、面と向かって言われた」

「本気じゃないだろう。きっと子育てに苛立って、心にもないことを……」

「それはない。母は一切俺の面倒を見ないで、乳母《うば》に任せきりだった。……なんて顔をするんだ、冬真。言われたのは俺だぞ、それもずっと昔の話だ。お前が気に病むことなどない」

サディードの言う通りだ。なぜ取りなそうとしたのだろう。冬真は表情を引き締めた。

「別に気にしてはいない。お前のことだ、僕には関係ない」

「おい。もう少し言い方があるだろう」

気にするなと言ったくせに、冷たくあしらうと文句を言う。勝手な奴だとあきれたが、サディードの話はまだ続いている。

「父から引き出したオイルマネーで、願い通りに母は城と森を守った……はずだった」

しかしマルーシャの実父は娘の気持ちを少しも理解していなかった。抵当が外れたのを幸い、メンテナンスが面倒な城と辺鄙《へんぴ》で不便な土地を売り払い、都会に大邸宅を買った。マルーシャがそれを知った時には、賭《か》けごと好きな父はまたも莫大な借金をこしらえており、城と森を買い戻す金などどこにも残っていなかった。夫から金を引き出したくとも、愛のない妻に失望した国王は第四夫人を新しく迎えたばかりで、マルーシャにはほとんど構わなくなっていた。

結局マルーシャのもとに残ったのは、故郷の森から移植したリンデンの木だけだった。彼女は不満と失望と怒りを抱いたまま、病みついて死んだ。

「……俺はずっと、馬鹿な女だと思っていた。失った城と森に囚《とら》われて、今自分の周囲にあるものを見ようとしなかったんだからな。父は他に三人の夫人がいるとはいえ、母を嫌っていたわけじゃない。だから今だって、あのリンデンをなんとか生き返らせようとしているんじゃないか」

「そうかもしれないな」

「母が自尊心に囚われて、自分から一切距離を縮めようとしなかったから、父も鏡に映すように冷淡な態度で接しただけだ。父だけじゃない、俺も周囲の人間も皆、そうだ。母が高慢な態度を取り続けるから、相手にしなくなったんだ。……馬鹿な女だ。母さえ態度を改めれば、父はすぐに城ぐらい買い戻して与えただろう。父はいつだって、母が自分に振り向くのを待っていたのに」

国王陛下だけか、と訊こうとして冬真は思いとどまった。愛されなかった子供のサディードもまた、母が自分を見るのを待っていたのではないかという気がしたのだ。けれどそれを言えばきっと、サディードの自尊心を傷つける。

無言のままの冬真に、ほろ苦い笑みを浮かべた横顔を見せて、サディードは呟いた。

「俺はずっと、ひどい母親だと思っていた。だがリンデンと母の経緯を俺が覚えているのは、母が俺に語ったことがあったからだ。いつも乳母に任せきりだったけれど、気まぐれのようではあったけれど……たまには俺に優しかった時もあったと、思い出した。もし俺の方から歩み寄って、もっと甘えかかっていたら、少しはましな形の親子になれたかもしれない」

いつになく寂しげなサディードの瞳を見て、冬真は胸を突かれた。

（そういえばファティマは、『サディードは子供だ』と言っていたっけ）

立派な体格や堂々とした態度についつい騙されるけれど、自分の思い通りにならないと見せる怒りの激しさといい、要求がわがますぎることといい、内面は確かに子供じみているかもしれない。それもしつけの行き届いていない子供だ。母親とはなじまず、父親は住んでいるところさえ別では、しつけも愛情も足りなくて不思議はないが——。

冬真の視線に気づいたのか、サディードがむっとした表情で口を曲げた。

「なんだ、同情しているのか？　勘違いするな、母は俺に関心がなかったが、人に顧みられない子供時代を送ったわけではないぞ。乳を飲ませる乳母だけでなく抱き乳母が常に二人以上つけられたたし、養育係、遊び相手……皆にかしずかれて大事に育てられたんだからな」

「甘やかされた、の間違いだろう。お前がどんな育ち方をしようが、僕には同情する気などないし、そんな義理もない」

冷たく言い返すと気を悪くしたのか、サディードはますます仏頂面になった。それでも部屋を出ていこうとはしない。内懐から革に金箔《きんぱく》の型押しをした小箱を取り出し、突きつけてきた。

「受け取れ。やる」

「なんだ、また宝石か？　そんな物はいらないといつも言っているだろう」

一方的に冬真を犯すばかりでは従わないと思うのか、時々サディードは金品を与えて機嫌を取ろうとする。大粒のサファイアがついたタイピンやダイヤをちりばめた腕時計や、時には油田の権利書などを持ってくることもあったが、腹立たしいので受け取ったことはない。

「そうじゃない。とにかく受け取れ。せめて中を見ろ」

もどかしくなったのか、サディードは自分で革箱の蓋を開けた。中に入っていたのはペンダントだった。緑色の綺麗《きれい》なトップがついているが宝石ではなくガラスのようだ。

「母の形見だ。安物だが、ガラスの色合いが森のようで綺麗だと言って、よく身につけていた」

「ちょっと待て、どうして僕がお前の母上の形見を……」

「リンデンの治療を真剣にやっていることへの礼だ。受け取れ」

サディードらしくない振る舞いに当惑して、冬真は手を出しかねていた。リンデンの治療など放っておけと言ったくせに礼を渡そうとするのも不思議だし、それが母の形見というのもまた不思議だ。黙っていると、サディードが言い直した。

「受け取ってくれ」

ますます、らしくない。傲岸な砂漠の王子が、頼みごとの口調でものを言うなど初めてだ。サディードは冬真の手をつかんで開かせ、ペンダントを押しつけてくる。

「待て。母君の形見だろう。なぜ僕に？」

「リンデンは母の木だ。回復させようと努力しているお前への礼には、似つかわしいだろう」

「お前はあの木のことなど放っておけと言っていたじゃないか。なぜ急にリンデンを気にするんだ」

「リンデンに関心があるわけじゃない。お前の責任感に敬意を表してのことだ。お前が仕事熱心なのは見ていたが、過労で倒れた直後でも木を見に行くほどだとは思っていなかった。……俺は、冬真ほどの真剣さで、職務を果たしたことはなかった」

「お前、仕事なんかしてたのか」

驚いて問い返したら、サディードがむっとしたように口を曲げた。

「俺は第二王子だぞ。王族は国の重要な職責に就くのが当たり前だ。一昨年《おととし》までは教育省の副大臣で、今は運輸交通大臣の地位に就いている」

「お飾りか?」

「形だけの大臣で国民の支持を得られると思うか。これでも道路整備事業や超高速列車の導入……いや、まあ、お前ほどの熱心さで務めたことはないが。俺の話はいいから、とにかく受け取れ」

「亡くなった母君の形見だろう。他人に与えるのはどうかと思う」

「形見は他にもあるし、リンデンは母が植えさせた木だ。その木を真剣に復活させようとしているお前に、母の形見のペンダントはふさわしいと思った。その、つまり……お前への礼というか、細くて物静かな見た目のわりには、芯《しん》が強くて大した奴だと……」

だんだん声が小さくなって語尾は不明瞭に消えた。

冬真は息をのんだ。肌が褐色のせいでわかりにくいが、居心地悪そうに視線を泳がせるサディードの頬が紅潮している。照れるというのか、はにかむというのか、こんな表情は初めて見た。

「サディード、お前……」

「やると言っている！　一度受け取ったんだ、返すと言っても聞かんぞ‼」

ペンダントを返す気だと誤解したのか、サディードは勢いよく立ち上がって部屋を出ていってしまった。そんなつもりではなかった冬真は、溜息をついてソファに腰を下ろした。

(どうしよう。これは……今までとは、意味合いが違う)

サディードからの贈り物など絶対に受け取るまいと決めていたが、今回は冬真に媚びを売らせようとしてよこしたわけではない。樹医としての冬真を認め、その努力に対して与えられたものだ。さっきのサディードが見せた表情が脳裏に焼きついている。

「……いいか」

冬真は掌のペンダントを握った。ひんやりしたガラスの感触が心地よかった。

3

その日を境に、サディードの態度が変わった。

そもそもペンダントを渡しただけで帰ったこともサディードらしくなかった。今までなら冬真が睡眠中だろうが仕事中だろうが、拒絶を力で封じ、思い通りにしていたのだ。

しかしこの夜以来、ぎこちないけれども気遣いめいたものが言動ににじみ始めた。

倒れた翌々日の午後、中庭へ向かう冬真が廊下でサディードと行き会った時もそうだ。向こうから歩いてくる見慣れた人影を認めた瞬間、冬真は逃げ腰になった。が、間に合わず、大股の急ぎ足で近づいてきたサディードにつかまり、真正面から抱きすくめられた。

「もう元気になったか？　昨日は仕事でここへ戻れなかったから、どうしているかと思っていた」

このあとどうされるかはわかっている。冬真は身をよじり、サディードの胸に腕を突っ張って逃れようとした。

「やめろ、昼間から！」

「昨日の夜の分だ」

「馬鹿を言うな！　それに僕はまだ仕事が残ってる！」

声を荒らげながらも、半分諦めていた。サディードが自分の言うことを聞くわけがない。どうせ寝所へ引きずっていかれて犯される。そして浅ましく恥知らずなこの体は、サディードの思うままに反応してしまうのだろう。

が、意外なことにサディードの手はあっさりと離れた。さらに、

「わかった。夜ならいいか？」

冬真の都合を尋ねてくる。どうしたというのだろう。ありえない。目を瞬《しばた》き、サディードの顔をまじまじと眺めたが、からかおうとか騙そうとする気配は感じられなかった。

「どうしたんだ、いったい……」

「ご挨拶だな。お前が仕事中だというから、それなら邪魔をせずに夜まで待ってやろうと言っているんだ。日暮れのあとなら庭仕事はするまい？」

「それは、そうだが」

「よし。夕食のあとでお前の部屋へ行くから待っていろ。身を清めて準備をしておけ」

「なっ……誰がするか、そんなこと！」

「お前がいいなら、汗を肌に残したままでも俺は構わん。冬真の汗ならいい味だろう」

「ば、馬鹿を言うな‼」

露骨な言葉に顔中がほてる。サディードは面白がるように笑ったあと、冬真の顎をつかんで真正面から視線を合わせてきた。

見つめられて背筋が震えた。この瞳だ。強い光に、心臓まで射抜かれそうな気がする。

「冬真はいつまでも初心なところが可愛い。お前がどれだけ樹医の仕事に真剣かわかったから、その邪魔はしない。だがお前に飽きたわけでも諦めたわけでもない。そこは間違えるな」

笑い声を残して、サディードは歩き去っていった。

(どういうことだ？　まるで、僕の都合に合わせるみたいじゃないか)

夜にはまた冬真を抱くと予告していったけれども、今は控えた。これまでのサディードならありえないことだ。

(……単なる気まぐれだろう。僕とのことは遊びなんだから)

しかしその後も、サディードは冬真を気遣い続けた。

本来の傲慢さがなくなったわけではないし、気遣いの方向がずれていることも多い。たとえば、事後に冬真が疲れ果てて動けずにいると、『召使いを呼んでやるから、後始末は全部任せてしまえ』などと言い出したりする。

冬真にしてみれば初めて犯された夜、眠っている間に召使いたちに全身を洗われ拭われて新しい寝衣を着せられていたことは、思い出したくもない屈辱の記憶だ。なにしろ『中に残った液はかき出して綺麗にしておきましたので、ご心配なく』とまで言われてしまったのである。普段顔を合わせるミシュアルでなく、年のいった召使いから無表情に言われたのがわずかな救いだったけれど、二度とあんな思いはしたくない。だからどんなに疲れても自分で後始末をしていた。

王子に生まれたサディードには、召使いに体を拭かれたり服を着せられたりするのは当たり前のことで、冬真の羞恥や嫌悪が理解できないらしい。だが自分の気遣いが空回りしていることを悟ると、思案顔になり、サディード自身が冬真の体を拭こうとしたりする。

あとで『俺がこんなに手をかけてやるのはお前だけだぞ、光栄に思え』と恩に着せてくるのが欠点だが、努力していることは感じ取れた。

冬真が返事をしないでいるとサディードは眉根を寄せて、

「大丈夫か、具合が悪いのか？」

などと尋ねてくる。

（サディードの奴、本当にどうしたっていうんだ……いや、どうだっていい。どうせあと一ヶ月足らずで日本へ帰国するんだから。それで終わる。無茶を言ってこないなら結構なことじゃないか。深く考える必要はない）

以前との変わりようにとまどいながらも、冬真はそう自分に言い聞かせた。

——だが小康状態のような期間は、長くは続かなかった。

冬真が倒れてから一週間ほどが過ぎた、ある夜更けだった。冬真がパソコンに向かっていると、ふらりとサディードが入ってきた。

「データを整理して教授宛の報告書を作っているんだ、終わるまで待て」

寝室に引きずり込まれてはたまらない。機先を制するつもりで言ったらサディードが笑った。

「待て、か。今はだめだというだけで、俺と寝ること自体に異存はないわけだ」

「……っ。そ、そんなつもりで言ったんじゃない。僕がいやがっても聞かないくせに」

どうにか言い返したが、自分でもわかるほど声がうわずっている。サディードは優越感に満ちた表情でソファに腰を下ろした。

「三十分だけ待ってやる。金も宝石もほしがらない代わり、この俺に時間の無駄遣いをさせるのだから、考えてみればお前は大変な贅沢者かもしれないな」

「気に入らないなら奥のハレムへ行って愛人と過ごせばいい」

「女どものことが気になるか？　お前、妬《や》いているな」

「馬鹿を言え。図々しい」

冷たく言い捨てて、冬真はパソコンのモニターに視線を戻した。

退屈しのぎか、サディードはテレビの電源を入れた。サッカーの試合中継が映った。デスクに向かっている冬真の位置からは、画面に見入るサディードの横顔が目に入る。

性格はともかく、魅力的な容貌なのは確かだと思う。

工芸品のような計算された美しさではなく、荒削りで野性的だ。眼の光は強すぎるし、眉も濃すぎる。だがその眉が黒ではなく髪と同じ金色で、肌の色も標準的なアラブ人よりは薄いカフェオレ色だから、印象がやわらげられる。厚めの唇が男の色香を醸し出す一方、広い肩や逞しい腕は健康的で目に快い。一つ一つのパーツを取ってみれば欠点もあるのに、組み合わせの妙というのか、全体で見ると、その欠点さえ他者の視線を惹きつけて放さない魅力に変わる。

(性格も、傲慢かと思えば変なところで可愛げが……って、何を考えてるんだ、僕は。あいつは今まで最低な真似ばかりしてきたじゃないか)

流されかけた自分を戒め、冬真はデータ整理に集中しようとした。

しかしその時、テレビから臨時ニュースを知らせる警告音が鳴った。サッカーを映す画面の上方に、英語のテロップが流れる。サウジアラビアのキング・ハリッド国際空港で、旅客機が着陸に失敗して炎上、死傷者の数は不明というニュースだった。

(サウジだって？　春平は確か今、出張中で……)

冬真の心臓が早鐘を打ち始めた。商社で働く春平は今インドへ出張中で、サウジ支社へは今日の便で戻る予定ではなかっただろうか。不安に突き動かされ、冬真はソファへ走り寄った。サディードを押しのけてリモコンを引ったくる。

「おい、冬真⁉」

返事をする余裕はなかった。チャンネルを変えたがニュース番組は映らない。リモコンを放り出し、冬真はデスクに置いていた携帯電話へ飛びついた。

電話は拍子抜けするほどあっさりつながった。

「兄貴？　珍しいね、どうした？　まさか……なんか厄介ごとが起きたのか⁉　大丈夫か⁉」

のんきな声のあとで逆に心配されて冬真は深く大きな息を吐いた。ニュース速報を探すより先に電話をかければよかったと思ったが、動転していたから仕方がない。

「違う、今ちょうど飛行機事故のニュースを見たところで……お前、確か今日サウジへ戻るんじゃなかったかと思ったんだ」

「ああ、あのニュース。びっくりしたよー。オレ、まだニューデリーにいるんだ。商談が片づかなくて、滞在が延びてさ。おかげで助かった。兄貴、心配してくれたんだ。サンキュ」

「いや、その……無事ならいいんだ。仕事中に邪魔して悪かった。じゃあな」

通話を切った冬真は、不満げな視線に気づいて振り返った。ソファに腰を下ろしたままのサディードが、眉を吊り上げ口を曲げて自分を見ている。こぼれた声は尖っていた。

「俺を突き飛ばすほど弟が心配か？　俺より弟が大事なのか」

突きのけたことを謝ろうと思っていたが、咎《とが》められて気が変わった。サディードは何を勘違いしているのだろう。力ずくでレイプし、その後は弱みをつかんで脅迫してきた相手を大事に思うほど、自分はお人好《ひとよ》しではない。

「そんなこと、わかりきっている。僕は弟が好きなんだし、家族が事故に遭ったかもしれないと思ったら、血相を変えて心配するのが当然だろう。お前なんかより弟を大事に思って当たり前だ」

負けず劣らずの尖った口調で言い返すと、なぜかサディードは目を逸らした。さっきまでの尖った声ではなく、ためらい混じりの口調で問いかけてくる。

「俺だったらどうなんだ。もし俺が事故に遭ったと聞いたら？」

「馬鹿か。脅されて仕方なく従っているだけなのに、なぜ心配しなきゃならない。僕の頭にお前のことなんか入る隙間はない。どうせ僕は実の弟に恋愛感情、いや、肉欲を持つ倫理観に欠けた変質者だからな」

自虐的に言い放った冬真に、サディードは問いを重ねた。

「お前は、自分が本気で弟を好きだと思っているのか？」

「今更何を言う。わざわざ確認しなくても、お前が僕に気づかせて脅迫してきたくせに」

冬真は苛立った。サディードさえ余計なことをしなければ自分は、己の浅ましさを自覚せずにすんだはずだ。改めてその話を持ち出して、何がしたいのだろう。

だがサディードは苦しげに首を振る。

「冬真……違うんだ。それは、違う。よく聞け、お前は弟に本気で恋をしているわけじゃない。その気持ちは、憧《あこが》れにすぎないんだ」

「なんの話だ？　どういう根拠があって人の気持ちを勝手に決めつけるんだ。自分の気持ちは自分が一番よくわかっている」

「本当にそうか？　お前は弟を性交渉の相手として考えたことがあったか？」

「な……‼　なんでお前に、そんなことを教えなきゃならない！」

「いいから考えてみろ、大事なことだ。弟と寝たい、奴に抱かれたいと思ったことがあるのか」

サディードの真剣な口調に気圧《けお》され、冬真は自分の記憶を探った。明るくて大らかで、外見も性格も自分とは正反対の弟——自分は春平に、どんな感情を持っていただろう。

「抱かれたいとか、そんなふうにまで思ったことはない、けれど……でもそれは、自覚していなかったせいで」

「自覚したあとはどうだ。男に抱かれるというのがどういうことか、その体でわかったあとは？　弟との行為を想像したか？」

生々しい問いかけに顔をしかめたものの、冬真の心は揺らいだ。友人に囲まれ誰ともすぐ打ち解ける弟を見ていて、苦しくなったことはある。けれど、弟の周囲から他人を追い払い、独占したいと思ったことはあっただろうか。肌を合わせたい、一つになりたいと、かすかにでも考えただろうか。

（ない……そんなふうには、思わなかった。だけど……）

言葉に詰まっていると、サディードが沈痛な眼差しを向けてきた。

「覚えていないだろうが、俺が初めて抱いたあと、お前は気を失う間際にこう言った。『お前のようになりたかった』と。……俺に向けてじゃない、お前は自分を抱いているのが弟だと錯覚していたからな。つまりお前は、弟になりたかったんだ」

「なんなんだ、わけがわからない。はっきり言え！」

苛立って冬真は声を荒らげた。逆にサディードはますます沈んだ表情になり、濃く厚い睫《まつ》毛《げ》を伏せて言葉を絞り出す。

「俺は最初、お前が弟に恋していると考えた。だからそう指摘した。けれどあの言葉で、俺の考えは間違っていたのではないかと思い始めた。お前は弟に強く憧れていただけかもしれないと……恋愛感情や肉欲は存在していない」

「勝手に決めつけるな！」

「一番初めの、お前が目隠しをつけ俺が弟のふりをした時は別として、それ以降のお前は抱かれている時、俺を弟に見立てて名を呼んだことはない。逆に、弟に助けを求めたり許しを請うこともなかった。そうだろう?」

「それ、は」

「誰かを愛することは、強く求める気持ちにつながる。けれどお前は弟に罪悪感を持ちはしても、奴を求めようとはしなかった。……わかるか。お前の気持ちが恋愛感情ではなかったという、立派な証拠だ」

「……」

反論する言葉が出てこない。冬真の腰に机の縁が当たった。机の横に立っていたつもりが、我知らずよろめいたせいだった。

サディードの言っていることは当たっている。サディードに怒りを覚え、意志に従わない自分の体を憎んだことはあっても、行為の途中で弟を思い浮かべたことはない。春平に対して恋いこがれる気持ちに悩んだこともない。

けれど今、指摘されたからといって、はいそうですかと納得はできない。

「お前にそんなふうに決めつけられる理由はない。第一、それじゃ説明がつかなかった。だって、初めての時だけ……お前が弟のふりをした時にだけ、僕はあんなに……」

残りの言葉は口に出せずに飲み込んだ。初めての経験だというのによがり狂った自分の痴態は、思い出すたび羞恥に苛まれる。

その後もサディードに抱かれるたび、意志とは無関係な快感を味わわされて、よがり声をこぼして身悶えたあげく、射精に追い上げられた。けれども初めての時のような、意識が飛ぶほどの気持ちよさはなかった。サディードが弟のふりをした時だけ、異常なほど感じたこと——それこそが、春平に肉欲を抱いていたことの証拠ではないか。

顔をそむけて冬真は呟いた。

「弟に恋愛感情がなかったのなら、あんなこと、気持ち悪いだけじゃないか。お前だってわかっているはずだ、僕がどんなふうに反応したか。あれこそが証拠で……」

「お前、本当に気づいていなかったのか」

「何をだ」

「あの時使ったオイルは、媚薬《びやく》入りだった」

「びや、く?」

漢字が頭に浮かび意味を理解するまでに、数秒かかった。

「媚薬、だって? どうして……」

「お前の経験が少ないことは見当がついていた。だから痛い思いをさせないよう、特別のオイルを用意させたんだ。粘膜から吸収されてすぐに効く。性感を高めるだけでなく意識を混乱させる作用もあって、うまく誘導すれば思考を操ることもできる。ドラッグという方が近いかもしれない」

冬真は茫然《ぼうぜん》とした。

「そんな……そんな薬を僕に使ったのか。ドラッグなんて、麻薬みたいなものだろう？」

「ドラッグに近いだけで、そのものじゃない。あれはザムファの王家に伝わる薬だ。効き目は強いが数時間で切れるし、後遺症もなければ中毒になることもない、安全な薬なんだ。それに初めの一回きりだ。二度目からは俺の力だけでお前を屈服させたくて、普通の潤滑油しか使っていない」

安全だのなんだのという話ではない。人に薬を盛るなど、冬真の感覚では明らかな犯罪だ。自分を強姦した男にそんな感覚を求める方が、間違っているのかもしれないが。

サディードは言い聞かせるような口調で、もう一度繰り返した。

「一回だけだ。後遺症などないから、安心しろ。……わかるか。初めての時にお前が強烈な快感で我を忘れたのは、俺が弟のふりをしたからじゃない。薬のせいだったんだ」

確かに初めて犯された時と二度目以降では、自分の感じ方はまったく違っていた。

心の中に引っかかっていた小さな疑問が、次々と氷解していく。拘束されて犯されるという異常な状況下で、あれほど興奮して感じてしまった理由。あの時サディードが呟いた『時間がたったし、もう大丈夫だろう』という言葉が示唆していたのは、媚薬が充分吸収されたという意味ではなかったか。普通は回数を重ねるほど慣れて、より深い快感を覚えそうなものなのに、自分の場合は初めの時が一番感じた。あれはすべて媚薬のせいだったのか。

だとしたら自分は今までサディードに、持ってもいなかった弟への肉欲を理由に脅され、いいように操られていたことになる。

（そんな……そんな、馬鹿げたことって……）

驚きと、そのあとに湧き上がってきた虚《むな》しさに襲われ、脚から力が抜ける。冬真は机に手をついてどうにか体を支えた。

玩具を中へ入れられたまま弟に会い、心にもない芝居をしたことや、したくもない口腔《こうこう》奉仕をさせられたこと、若い庭師たちに嗤われ、ファティマやその侍女たちから軽侮の視線を向けられたことなど、恥辱の記憶が頭の中を回る。――すべての原因を作ったのは、サディードだ。

サディードが立ち上がり、歩み寄ってきた。黙ったままの冬真の肩へ、そっと手を置いて話しかけてくる。

「弟のことは忘れろ。もともと憧れを持っていただけだ。忘れて……俺を愛せ、冬真」

サディードにしては珍しい、懇願の響きをにじませた声だった。けれど今の冬真にそれを受け入れる余裕はない。肩に置かれた手を振り払った。

「ふざけるな！　よくもそんなことが言えるな、レイプしただけじゃなく気持ちを操って、弟に嘘をつかせて……なんでも自分の思い通りになると思うな‼　何が『俺を愛せ』だ、思い上がるのもいい加減にしろ！」

悔しさで血が沸騰しそうだ。まんまと騙されて夜ごと抱かれていた自分の愚かさが情けない。最近の言動からサディードに可愛げがあるなどと感じ、過去の言動を大目に見てやろうかなどと気持ちが揺らいでいたから、なおさらだ。

サディードは苦渋の気配がにじむ視線を横へ流して呟いた。

「そうだな。お前が怒るのも当然だ」

初めて見る表情だった。けれどこの苦しくて切なげな声音には聞き覚えがある。以前、ジアという女性の話が出た時だ。倒れた自分のそばにサディードがついていた時、リズクが話を持ち出した。サディードはどなるように遮ったあと、一転して口調を弱め懇願に近い響きをにじませて『ジアのことは言うな』と、言ったのだ。

あの時と同じ声で自分に『俺を愛せ』というのは、どういうことなのか。

サディードはうなだれて視線を膝に落としたまま動かない。いつもの自信に満ちた傲慢さは消え、独りぼっちで見知らぬ場所へ放り出された子供のような頼りなさを漂わせていた。

（……いやだ。もう、信じるものか）

冬真は首を強く振り、視線を逸らした。見つめていてはいけない。こんな姿をサディードの反省だなどと錯覚して、同情してはいけない。サディードを見ないまま、言い放った。

「出ていけ。もう、お前と同じ空気を吸うのもいやだ」

「冬真、俺は」

「聞きたくない！　僕は……僕はお前を、許さない」

サディードは反論することなく立ち上がり、廊下へ向かった。ドアが閉まる寸前、「すまなかった」という沈んだ声が聞こえたが、最後まで冬真は視線を合わせなかった。

眠れない夜を過ごし夜が明けても、サディードへの怒りはおさまるどころか燃え上がるばかりだった。いつも通りに着替えや朝食の世話をしに来たミシュアルにも、怒りの余波でついつい素っ気ない態度を取ってしまう。誠実な少年召使いが自分を心配しているのはわかったが、事情を説明する気にはなれない。

ほとんど手つかずの食事をミシュアルが下げにいったあと、ファティマの侍女から部屋へ電話がかかってきた。『預けた薔薇がどうなったか、女主人が知りたがっている』とのことだった。

植物の治療はこんな短い期間で片づくものではない、と答えかけて思いとどまった。もともとあの薔薇はファティマが自分と話をする口実にすぎなかった。だとしたら今回もそうだろう。あの時信用できないと思って聞き流したが、今は違う。

(二度とサディードの顔なんか見たくない。あんな卑怯な奴……許せるものか)

今回はミシュアルを連れずに一人きりで冬真は、こっそりハレムへ入った。

大きなソファの真ん中に腰掛けたファティマは、自信満々の笑みを浮かべて冬真を迎えた。

「そろそろ逃げ出す気になった?」

いきなり本題を切り出されて、逆に気持ちが揺らぐ。自分の考えを整理するため、冬真は以前から気にかかっていたことを口に出した。

「その前に知りたいことがある。サディードの昔の恋人の話だ。リズクの妹で、ジアという名前だったか……」

「そうよ。誰に聞いたの?」

「以前僕が気絶していると思って二人が話をしていたんだ。何か事情がありそうな雰囲気だった」

「ええ。ジアがもうこの世にいないことは知っていて?」

「そうだろうとは思ったけれど、詳しいことはわからなかった」

「自殺したのよ」

「え……」

「馬鹿な女。プロポーズされて、自分の宗教と王太子妃の立場の間で板挟みになったからって、死ぬことはなかったのに。おかげでサディードはすっかり結婚に臆病《おくびょう》になって、あたくしをいつまでも愛人の位置に置いたままで、妻にしようとはしないわ。あの異教徒の女が悪いのよ」

話は八年前に遡《さかのぼ》る。

サディードはジアという女性と知り合い、恋に落ちた。サディードは彼女を正妃に迎えようとしたが、周囲はこぞって反対した。

ジアがアラブには珍しいキリスト教徒だったためだ。女性は男性の庇護下で家に閉じこもるべきというイスラムの考えに反発し、キリスト教の洗礼を受け大学に通う進歩的な女性だった。

サディードはジアが異教徒でも気にしなかった。国立大学の催しに賓客として招かれたことが、女子学生のジアと知り合うきっかけだったのである。ジアが古風なイスラム女性なら出会って恋に落ちることはなかったと考えており、改宗を迫るくらいなら自分が王族の地位を捨てようと割り切っていた。さらに、イスラムの女が異教徒に嫁ぐことは許されないが、イスラムの男は、キリスト教徒かユダヤ教徒ならば妻にすることが許されている。

だが周囲はそうは考えなかった。ジアが単なる愛妾ならまだしも、第二王子の正妃候補となれば別だ。サディードの兄が万一、事故や病気で死ぬようなことがあれば、サディードの妻は王妃となる。国を代表する立場の女性が異教徒では、国民の信頼が揺らぐ。別れるか改宗するか、どちらかを選べという圧力がジアにかけられた。

別れるくらいなら王族の地位を捨てるというサディードの決意は、ジアの心を救うよりも重荷になったのかもしれない。

板挟みになったジアは、飛び降り自殺をした。遺書はなかったが、彼女を取り巻く状況や、ジアが兄のリズクに『キリスト教の神とサディードのどちらかを選ぶなど、できない』、『苦しい、楽になりたい』などと漏らしていたことから、発作的な自殺と判断された——。

「……本当に馬鹿な女だわ。国を揺るがすスキャンダルを引き起こして、サディードに恥をかかせて。サディードがリズクを侍従にしたのは、妹を失ったリズクへの償いなのよ。ジアは勝手に死んだんだから、償う必要なんかどこにもなかったのに」

死者を鞭《むち》打つ言葉で、ファティマは説明を締めくくった。

「しかし……キリスト教は自殺を禁じているはずだ」

「だから、馬鹿な女なのよ。どう？　これで訊きたいことは終わった？」

ファティマの話からジアへの反感を割り引くと、だいたいの事情がわかった。ファティマは以前、ハレムにいる愛妾三人は皆似たような顔立ちだと言っていた。サディードは自殺した恋人の面影を追い求めて、ファティマたちを愛妾にしたのかもしれない。恋人の自殺がサディードの心を強く縛っていることは間違いない。

「何が『俺を愛せ』だ。よくもぬけぬけと……」

悔しさのあまりつい独り言がこぼれると、ファティマが軽く首を傾げて尋ねてきた。

「サディードがそう言ったの？」

「ああ」

「本気にしない方がいいわね。今までにサディードが振られた相手はジア一人よ。負けず嫌いのサディードは二度とそんな思いをしたくなくて、あなたに命令しただけよ。本気とは思えないわ」

「どっちでもいい。とにかく僕はもう、サディードの顔を見たくない」

ジアの話をもっと早くに聞いておくべきだった。八年もたつというのに、まだサディードはジアを忘れていない。だからあんなに苦しげな口調で、彼女の名を口にしていたのだ。あの傲慢男が王族の身分も捨てようとしたほどだし、彼女もまた神かサディードかを選びかねて自殺した。互いに深く愛し合っていたのだろう。

（……僕にしたようないたぶり方は、絶対しなかったんだろうな）

そのことを考えれば、サディードが自分に手を出したのは、気まぐれな遊び以外の何物でもない。なにしろ始まり方が『俺の愛人にしてやろう』だったし、自分は男だ。本気のはずはない。それなのにほだされかけた自分が、情けなくてたまらなかった。

冬真はファティマの眼を見て問いかけた。

「この前の話は今でも有効だろうか。……僕はもう、ここにいたくない」

「逃げたいのね。わかったわ。手筈《てはず》を整えてあげる」

ファティマは真紅の唇を吊り上げて微笑した。

そうと決まれば今日のうちに離宮を脱出すべきだとファティマは言った。

冬真はいつも通りの作業着姿で、パスポートやデータをコピーしたメモリだけをポケットへ押し込み、準備が整うのを待った。荷物をまとめるなど普段と違う行動を取れば、目端の利くミシュアルが何かおかしいと感づくかもしれない。

ミシュアルやアブドゥルに、今まで世話になった礼を言えないのは心残りだが、ほのめかして気づかれたらすぐサディードに連絡が行ってしまうので、我慢した。

その用心が功を奏したか、実際の脱出はあっけないほど順調に進んだ。

ファティマの使いという男に連絡を受け、冬真は庭仕事用の資材を運ぶトラックの荷台に隠れて離宮を出た。そのあとは街で砂漠横断用の四輪駆動車に乗り換えた。

冬真が消えたとわかれば、まずはザムファ国内の空港に手配が回るだろう。そのため脱出には陸路が選ばれた。砂漠を横断し、国境を越えてから飛行機で日本へ向かう計画だった。

サディードでも他国の空港へ手を回すには時間がかかるし、検問所の一つや二つならファティマの顔で買収できるという話だ。

サディードは冬真のパスポートを取り上げなかった。離宮から逃げ出すことはないとたかをくっていたのかもしれない。なめられていた、と言うべきか。

(もっと早く、こうすればよかったんだ)

窓の外を流れていく首都の景色を見ながら、冬真は唇を噛んだ。

道路を走っている間はよかったが、砂漠に入ると車は激しく揺れた。シートベルトをしていても下手をすると天井で頭を打つか、前のシートに顔面をぶつけそうになる。おまけに窓を閉めていても細かい砂埃《すなぼこり》は入り込んできて、服を汚し肌に貼りつき、口の中までもざらざらにする。

タイヤが窪《くぼ》みを強引に乗り越えたか、体が宙に浮くほどの揺れに襲われた。どん、とシートへ着地した時、作業着のポケットから光るものが落ちた。

ガラスのペンダントだ。

当惑を覚えつつ拾い上げた。もちろん見覚えはある。以前サディードが自分によこしたものだ。母親の形見だと言っていた。だが必要最小限の物しか身につけられないはずの脱出行に、なぜ自分はこんなものを持ってきたのだろう。

(フラッシュメモリの予備を探している時だっけ？　革の小箱が目について……)

なんとなく蓋を開けてペンダントを出して、そのままポケットへ押し込んだらしい。あの時は意識していなかったが、今思い返すとそんな記憶がかすかに残っている。

(なぜこんなものを持ってきたんだ。サディードに押しつけられたものだっていうのにこれまでにサディードは、何度も金品を自分に与えようとした。けれども受け取ったが最後、自分は金で買われた愛人になってしまうと思った。力ずくで犯されたうえ脅迫されて屈服はしたけれど、心まで売り渡すつもりはなかった。だからすべて断っていた。

ただ、このペンダントは違った。

意に従わない愛人を懐柔するためではなく、樹医としての自分に贈られたものだ。あの時のサディードは『くれてやる』という傲慢な態度ではなく、照れを隠そうとしたのか仏頂面になり、そのくせ頬を紅潮させていた。

自分を性玩具のように扱っていたサディードが、あの日を境に樹医として、ひいては一人の人間として認めてくれた。そんなふうに感じていたのだけれど——。

(……樹医としての、僕?)

そこまで考えて、冬真は愕然とした。リンデンの治療はまだ途中だ。

(しまった。どうして途中で放り出したりなんか……)

サディードへの怒りに我を忘れていたとはいえ、樹木の治療を軽視するなど、自分としてはあるまじきことだ。サディードとの確執は、あの木にはなんの関係もない。自分にはあのリンデンを助ける責任がある。

冬真は運転手に向かって叫んだ。

「停《と》めてくれ!」

運転手が眉をひそめた。ルームミラーで冬真を見やって問いかけてくる。

「なんだ、車酔いか? それともトイレか?」

「そうじゃない。違うんだ、すまない。離宮へ戻りたい」

「はぁ？」

運転手の声が不機嫌そうになった。

「どうしたんだ。今になって気が変わったっていうのか？　サディード殿下のハレムにいるのがいやだったんだろう。だからファティマ様が危険を冒して脱出を手伝ったのに、今更……」

「僕の仕事はリンデンの木を治療することだ。それを途中で放り出して帰るのは、無責任だと気がついた」

「綺麗ごとを言って、贅沢に目がくらんだんだろう？」

「そうじゃない。手配してくれたファティマには悪いと思っている。リンデンの木が回復すれば、必ず離宮を出て日本へ帰る。ただ、今あの木を見捨てることはできない」

必死に言いつのると、運転手が諦めたように首を振った。

「わかった、戻ろう。やれやれ、もう砂漠の真ん中近くまで来てるっていうのに」

「すまない。ファティマには僕からわけを説明する」

「まあ、いいさ」

運転手はいきなり大きくハンドルを切った。砂漠に道はないから、どこででもUターンできる。車が激しく揺れ、冬真は窓ガラスに頭をぶつけた。

「いたた……」

頭を押さえて体を起こしたが、なぜか車は停まってしまった。運転手が舌打ちした。

「しまった。スタックした。……降りて押してくれないか」

Uターンした時、砂地の窪みにタイヤがはまり込んだらしい。自分が無理を言ったせいだという意識があり、冬真は素直に車を降りた。車内が砂まみれになると言われたため、ドアをきっちり閉めて車の後ろへ回る。

だがその時突然、エンジン音が響いた。タイヤの蹴立てる砂塵《さじん》をまともに浴びた冬真は、顔をそむけて腕で目元を覆った。排気ガスのにおいが鼻を刺す。

「……っ⁉」

スタックしていたはずの4WDが、急加速で走り去っていく。

「待て！　待っ……」

声がとぎれた。車は決して戻ってこないと確信できたせいだ。自分を置き去りにしたのは偶然でも過失でもない。意図的な行為だ。冬真の脳裏に、自分を見送った時の勝ち誇ったようなファティマの笑顔が浮かんだ。あの目つきは、親切でも厚意でもなかった。

これは最初から用意されていた罠《わな》だったのだ。

吹きつける砂から顔をかばいつつ、冬真は唇を噛んだ。

（なぜ簡単に信用したんだ、僕は……最初に話を持ちかけられた時にはファティマを怪しいと思ったのに、自分から脱出させてくれと頼むなんて）

サディードへの怒りに目がくらみ、冷静な判断力を失っていたようだ。今にして思えば、離宮脱出を誘うタイミングは的確すぎた。盗聴かスパイか、自分とサディードが言い争ったのを知っていたとしか思えない。もし盗聴していたのなら、サディードが自分の体を弄ぶにとどまらず、心まで得ようとしていることもわかっただろう。

(僕を死なせて、根を断つつもりだったんだ)

水もなく砂漠へ置き去りにされれば死ぬしかない。銃やナイフといった殺し方でなく、飢えと渇きと暑熱で命を落とすように仕向けたのは、ファティマの悪意の表れか。

考える間にも、直射日光と砂からの照り返しが容赦なく体を炙《あぶ》る。

(車が走っていった方向へ歩けば、砂漠を出られるはずだ。大丈夫、高校の体育では二〇キロマラソンを走らされたじゃないか。あれの、ほんの少しきついバージョンっていうだけだ)

水がないという恐怖を追い払うため自分自身にそう言い聞かせ、冬真は歩き出した。

だがすぐに、そんな考えが欺瞞《ぎまん》でしかないことを思い知らされた。

一足ごとに踏みごたえのない地面へ靴が埋まる。普通に歩くのに比べて、格段に体力を奪われる。目にも鼻にも口にも細かい砂の粒子が吹きつけてくる。

(暑い……)

水分を無駄にしたくないのに、汗がにじみ出してはたちまち蒸発するのがわかった。塩が皮膚に残り、砂と混じってざらつく。根が傷んで水分を吸い上げられないまま、日に照りつけられる草木の気持ちがよくわかる。

目に映るのは真っ青な空と、どこまでも伸びる赤茶けた砂の斜面だ。

「あぁっ……‼」

砂に靴が埋もれ、バランスが崩れた。横ざまに倒れた冬真の体は、登ってきたばかりの砂の斜面を転がり落ちた。

「つぅっ！」

右足首をひねったらしい。立ち上がろうとすると痛みが走る。

頭を上げて、斜面を見やった。半分まで登るのにかかった時間は五分か、それとも三十分か。けれど転がり落ちるのは一瞬だ。しかも気づけば、片方の靴が脱げてどこかへ行ってしまった。視線をめぐらせたが見当たらない。

足首を傷めたうえに、靴がない。これで熱い砂の上を歩けるわけはなかった。こうして倒れていても作業着越しに砂からの熱気が伝わってくるし、焼けつく日差しが容赦なく体を炙る。

（もう、無理だ）

諦めが気力を奪った。冬真は目を閉じネクタイをゆるめ、ポケットへ手を入れた。ガラス細工のペンダントが指先に触れる。冷たいものの象徴のようなガラスでさえこの暑さには勝

てないのか、鈍い熱を帯びていた。

（サディード……）

力ずくで犯され、従わされた。玩具を使って辱められたり、自分がサディードと恋愛関係にあると弟に嘘をつくよう強要されたりもした。——思い起こせば、ひどいことばかりされている。

（色魔。ろくでなし。傲慢最低男）

暑い。熱い。頭がぼうっとしてくる。目を閉じていても、強烈な日差しのせいでまぶたの血の色が透けて、視界は暗くならずに真っ赤だ。

（よく『俺を愛せ』なんて言えたな。本当に図々しい奴だ）

暴君のくせしてたまにまともなことをするから、反動で『本当はいい奴かもしれない』などと思ってしまった。自分が倒れた時に心底反省した様子だったから、心が揺らいだ。けれどサディードはずっと媚薬を使ったことを隠し、弟に対する気持ちを誤解させていた。

だが——。

（……そういえばあいつ、なぜ本当のことを僕に言ったんだ？）

聞かなければ自分は今も、相手を弟と錯覚したから異常なくらい興奮したと勘違いしたままでいただろう。サディードが自分を玩具としか思っていなかったなら、今まで通り脅迫して弄び続ければよかったのだ。あえて事実を告白した理由はなんなのか。

だが暑すぎて思考がまとまらない。思考回路があちこち焼き切れていく気がする。

懇願するようなサディードの声が、耳の底に甦ってくるだけだ。

『俺を愛せ、冬真』

(なぜ……わからない。もう、遅い)

サディードが何を考えていたのかわからないまま、自分は死んでしまうのだろう。

涙がこぼれた。けれどそれも頬にわずかな感触を残しただけで、すぐ乾いて消えた。暑さと渇きに苛まれて、ものを考える力が失われていく。意識が暗くなる。

だが、ふと気づいた。上空からかすかな爆音が聞こえる。近づいてくる。

(ヘリか?)

こんな何もない砂漠にヘリコプターが来ることなどあるだろうか。ただ通りすぎていくだけではないかと思ったが、どうもまっすぐこちらを目指して飛んできているようだ。しかも明らかに高度を下げ始めた。

(助かる、のか……でもなぜ、ヘリがここに……?)

疑問が心をかすめたけれども、全身に広がった安堵の思いがそれを押し流した。風と砂煙に冬真を巻き込まないためか、ヘリは少し離れたところに着陸しようとしている。

助かると思ったら、気がゆるんだ。冬真はそのまま意識を失った。

目を覚ました時には離宮の自室で、ベッドに寝かされていた。砂まみれの作業着やズボンは、新しい清潔なアラブ風の寝衣に着替えさせられ、腕には点滴の針が刺さっている。

「あっ、トーマ様！　気がつかれましたね、よかった……神のご加護です。大丈夫ですか、どこか痛いところは？　喉は渇きませんか？　そうだ、すぐ殿下にお知らせしなくては！」

ベッド脇にすっ飛んできたミシュアルが、喜びの色をありありと顔に表して問いかけてきたあと、ナイトテーブルの電話に飛びつく。

ベッドを起こし、ミシュアルが持ってきてくれたイオン飲料を飲んでいると、叩きつけるような勢いでドアが開いた。入ってきたのはサディードだ。駆け寄ってくるなり、冬真を抱きしめる。力が強すぎて、冬真はグラスを取り落とし悲鳴に近い声をあげた。

「痛い！　ちょっと待て、危ない。点滴が……」

「あっ……大丈夫か？　すまん、怪我《けが》をしなかったか」

サディードが慌てた様子で腕をほどいたあと、いたわる手つきで背や肩を撫でた。

幸い注射針は外れなかったし、コップも中身がこぼれただけで割れずにすんだ。ミシュアルがあたふたとシーツや床にこぼれた飲み物を拭き取り、汚れ物を抱えて部屋を出ていく。

生きているという実感が湧いてきた。

「僕は、助かったんだな……」

「ああ。どうしてあんな軽はずみな真似をした。いや、だいたいわかる、わかるが……それにしても、もう少しでお前は死ぬところだったんだぞ。……すぐに医者が来る。助けが間に合って、本当によかった」

案じ顔のサディードを見ているうちに、砂漠をさまよい倒れた時のことを思い出した。二度と顔を見たくないと思うほど怒っていたはずなのに、なぜ弟でも、樹医として出会った木々のことでもなく、サディードのことを考えたのだろう。

まるで砂漠で暑熱にやられて死にかけた時、それまで抱えていた怒りや憎しみが蒸発してしまったかのようだ。すべてを告白した時に見せた苦渋の表情や、去り際に呟いた謝罪の言葉が脳裏に甦る。いつも一方的で傲慢なサディードには似合わない、弱さがにじんだ様子に、いつしか自分はほだされていたのだろうか。

（あんな真似までされたのに、許してしまったのか……？）

自分でもあきれるが、真摯な表情のサディードを前にすると、離宮脱出前に感じていた怒りは甦ってこない。むしろ傲慢なサディードがこんな真摯な表情を見せたことに、心を打たれる。

その時、ノックの音がした。

ミシュアルが医師を伴って戻ってきたのだ。リズクも一緒だった。

そこにいては診察の邪魔になるとリズクにたしなめられ、サディードは焦《じ》れったそうな表情でソファに腰を下ろした。待ちきれないのか、診察を受けている冬真に話しかけてくる。

「ずっとそばについていたかったんだが、ファティマをハレムから追い出すと決めたら、あの女の親が逆ねじを喰《く》らわせてきてな。言い負かすのに時間を取られた」

「ファティマ……追い出したのか」

「当然だ。お前をそそのかして砂漠へ追いやり、殺そうとした。実家の財力を笠に着た正妻気取りが鼻についてはいたが、こんな真似をしでかすとは思わなかった」

吐き捨てる口調には嫌悪感がむき出しだ。ソファの横に立っていたリズクが呟く。

「相当の慰謝料を払ったうえ、サディード殿下は彼女の親に憎まれる結果になりましたが……」

「余計なことを言うな、リズク」

ぼんやりしていた冬真の頭に、ようやく事態がしみ込んでくる。

それと同時に疑問もたくさん湧き上がってきた。なぜ自分が離宮から逃げたことや、手引きをしたのがファティマだということがすぐわかったのだろう。あのタイミングで救助が来るには、冬真が逃げ出してから一時間とたたないうちに手を打っていたはずだ。それに今考えれば、ヘリは偶然通りかかったという様子ではなかった。まっすぐ自分のいる場所へ飛んできたように思う。

医師が終わりかけた点滴を抜き、足首の手当に移った。幸い軽い捻挫《ねんざ》で、テーピングですむという。それより脱水症と熱中症の方が危険だったらしいが、栄養補給と休養を続ければすぐに快復するだろうという診断だった。

助かったこと、助けられたことを素直に喜べばいいはずだった。けれどもあまりに早かった救援が、気にかかってならない。

医師が足首にテープを巻く間に、冬真はその疑問を口に出した。

「僕が逃げたことが最初からわかっていたのか？　あの広い砂漠でどうやって見つけたんだ。居場所がわかっていない限り、あんなに早くは……」

「ああ、GPSで捜した。マイクロチップのおかげだ。仕込んでおいてよかった」

当たり前のようにサディードが口にした言葉で、冬真は固まった。自分はそんなものを身につけた覚えはないし、何よりもサディードは『仕込んだ』と言った。自分が知らないうちに、こっそり仕掛けられていたのに違いないが、

（いったい、何に……？）

離宮を脱出する時、サディードからのプレゼントはすべて残していった。唯一、持っていったのはガラス細工のペンダントだ。

まさかあれに、マイクロチップが仕込まれていたというのか。

「あの、ペンダント……」

ぽつりとこぼした一言に、サディードが頷いてミシュアルを見やる。急ぎ足で部屋を出て

いったミシュアルは、トレイにパスポートや財布、ペンダント、パソコンのフラッシュメモリなどを載せて戻ってきた。

「お召し物は洗濯中ですが、他のものはここにございます。砂を落として綺麗にしておきました。ただデータは、熱と砂の微粒子でだめになったかもしれないそうです。あとでご確認ください」

メモリではなくペンダントへ冬真は手を伸ばした。指が震えないのが不思議だった。その様子を見ていたサディードがにやっと笑い、満足げな声で言う。

「パスポートやデータのような、最低限必要なものしか持っていかなかったようだな？　なのにそのペンダントを荷物に加えたのはなぜだ？」

上機嫌な口調が冬真の神経を逆撫でした。

（やっぱりこのペンダントにチップを仕込んであったのか。だからそんなに嬉しそうな顔をしているんだな？　僕がまんまと騙されて、ペンダントを持っていったから……）

犯罪に巻き込まれる可能性を考慮して、冬真の安全のためにチップを仕込んだのなら、そう言えばよかったはずだ。なのにサディードは黙っていた。隠していた。それは自分が離宮から逃げ出した時にすぐ追跡してつかまえるのが目的だったからではないのか。

（奴隷や飼い犬に首輪をつけるのと、同じだったんだ）

心が冷えた。

こうなると母の形見だったという話さえ怪しい。自分に受け取らせるため適当な嘘をこしらえたのかもしれない。なのに自分は馬鹿正直に信じ込み、樹医としての責任感を認められたと思って喜び、心を開きかけた。荷物をできるだけ減らしたはずの逃避行にまでペンダントを持っていった。そんな単純な自分を、サディードは内心で嗤っていたかもしれない。

情けなさと腹立たしさがこみ上げてきた。

黙り込んだ冬真の様子を不審に思ったのだろうか。眉をひそめたサディードが問いかけてくる。

「どうした？　もしかしてまだ弟のことを怒っているのか？」

ペンダントのことは口にしない。ごまかすつもりだろうかと思うと、さらに怒りを煽られる。なじる冬真の声は震えた。

「そのことじゃない。お前はどこまで僕をコケにしたら気がすむんだ」

「何がだ」

「白を切る気か！　マイクロチップのことだ!!」

サディードが「あ」と小さく声をこぼした。けれども春平のことで騙していたと白状した時のような、真摯な後悔の気配はない。軽い悪戯《いたずら》が見つかってばつが悪い、程度の表情に見えた。

「まあ、勝手に仕込んだのは悪かったかもしれないが……ちょっとした用心だ。第一、あれがあったから、お前を見つけることができたんだぞ。怒るほどのことか？　離宮から出たという報告を受けてすぐヘリを手配したからよかったが、そうでなければお前は砂漠で死んでいた」

冬真は唇を噛んだ。サディードは自分がしたことを、少しも悪いと思っていない。

助けられたことへの感謝よりも怒りが強すぎて、何も言うことができない。自分の表情が冷えきっていくのがわかる。

足首のテーピングを終えた医師が引き下がった。入れ替わりにサディードがベッドに乗ってきて、リズクの苦い顔や医師のあきれた溜息を気にする様子もなく、肩へ腕を回してきた。けれども冬真の硬い表情に気づいたらしい。抱き寄せようとした手を止める。

「どうかしたか、冬真？　急に黙り込んで……気分が悪いのか」

「触るな！」

叫んで冬真は、肩に回された手をはたき落とした。広いベッドの上で体をずらし、サディードから距離を取る。サディードの本音を知ったと思い、樹医として、一人の人間として認められたと思ったのに、すべては自分に見えない首輪をつけるための嘘だった。許せない。

にらみつける冬真を、サディードはただとまどった顔で見ている。なぜ怒っているのかわからない様子なのは、騙したことを悪いと思っていないからだろう。それが一層腹立たしい。

「こんなもの……!!」

手に持っていたペンダントを、冬真はサディードの顔めがけて投げつけた。

とっさの反応か、サディードはすばやく体を傾けてよけた。宙を飛んだガラスのトップは、壁際のテーブルに当たって砕け散った。

「何をする⁉」

「理由はお前が一番よくわかっているはずだ！　どうしてこんなものを僕によこした！　馬鹿正直に信じて騙された僕を心の中で笑っていたんだろう⁉」

「なんの話だ、母の形見だといったことか？　それなら本当だ。……何を怒っている？」

「しらばくれるな！」

冬真のささくれた気持ちが伝染したのか、最初はとまどっていただけのサディードが声を荒らげ始めた。

「いったい何が気に入らないんだ‼　だいたいお前がファティマの誘いに乗って、勝手に逃げ出して命を落としかけたんだぞ！　俺が手を打っていなければ死んでいた！」

「恩に着せる気か⁉　さんざん人を弄んで、死にたいような気分を味わわせておいて、少しはましな状態になったかと思えばまた裏切って……‼　お前は芯から暴君だ！　僕のことなど、奴隷か道具としか思っていないんだろう⁉」

仲裁する気かリズクが時々口を挟もうとする様子を見せるが、口論が激しすぎて割り込めないらしい。ミシュアルや医師がおろおろしているのが視界の端に映る。わかっていても、冬真は冷静さを取り戻すことができなかった。なぜこれほどの悔しさを感じるのか、自分でもわからない。

口論にけりをつけたのはサディードだった。

「つけ上がるのもいい加減にしろ！　そうまで言うなら、本当の奴隷扱いがどういうものか教え込んでやる‼」

サディードは冬真の腕をつかんでベッドから引きずり出した。無理な角度で引き上げられた腕と床に打ちつけた膝が痛んで、呻き声が漏れた。突然の暴挙にリズクや医師が驚きの声をあげる。

「サディード様⁉」

「殿下、その病人はまだ安静が必要で……」

だがサディードは耳を貸さない。怒りに満ちた口調で命じた。

「地下牢《ちかろう》を開けろ。こやつを投獄する」

「！」

冬真も驚いたが、周囲もそれはまずいと思ったらしい。口々に止めた。

「殿下、その方は国王陛下がお招きになった客人ですよ！」

「それにまだ治療が必要な状態です、地下牢などへ入れたらさらに体が弱ってしまいます」

「黙れ‼」

空気がびりびり震えそうな大声で、サディードがどなった。皆が固まる。

「この離宮の主は俺だ。逆らうな」

怒りのにじむ口調でつけ足したあと、サディードは部屋の出口へ向かった。

冬真は抵抗しなかった。力でかなわないのはよくわかっているし、己の非を認めずに逆上したサディードと、これ以上話し合う気持ちはなかった。感情が内にこもり、心が殻に覆われていく。

（……投獄でもなんでも、勝手にすればいい）

冷えきった心を抱え、冬真はサディードに引っ張られていった。


離宮の地下牢は、何代も前の王族が敵や反逆者を軟禁するために、造らせたものらしい。国の司法制度が整ってからは使われることが少なく、公にしたくない罪人、たとえば浮気をした愛妾に対する軽いお仕置きや、喧嘩《けんか》をした召使いを放り込んで頭を冷やさせる、などの目的に使われてきたという。階段を下りた先にある廊下の片側に、いくつかの部屋が並んでいたが、冬真以外に収監されている者はいなかった。

冬真が入れられたのは一番奥の部屋で、広さは二畳程度か。廊下に面した側が全面鉄格子になっていて、中には簡素なベッドとトイレがあるだけだ。布団はあるが夜は相当に冷える。

しかし一番こたえたのは部屋の狭さでも寒さでもなく、動物園の檻《おり》のように一面が鉄格子になっていて、自分の様子が廊下にいる警備兵から丸見えになることだった。

兵士の性格もあるのか、冬真からは見えない廊下の端にいてほとんど監視に来ない者もいれば、何分おきかに部屋の前へ歩いてきて中を覗き込んでから戻っていく者、あるいは王子の愛妾にされている男に興味があるのか、わざわざ椅子を独房の前へ持ってきて冬真の様子を眺め続ける者など、さまざまだ。他人の視線に一方的に晒《さら》されるのは、思いもよらなかった苦痛だった。

警備兵がいなくなるのは、サディードが地下牢へ下りてきた時だけだ。

召使いも側近のリズクも連れずに一人で現れるサディードは、警備兵を追い払って独房へ入り、思うさま冬真を弄んだ。

もともと力ではかなわない。ベッドに組み伏せられ、アラブ風寝衣の裾《すそ》をめくって下着をむしり取られる。寝衣ごと剝ぎ取られて全裸にされることもある。今日などは、朝食が終わるか終わらないかのうちにサディードが来て、冬真を弄び始めた。

「もう、やめろっ……あ、ぁう！　こ、こんなことしたって、どうにもなりは……」

「やめろだと？　ちょっと触っただけで乳首を尖らせている奴が、よく言う」

せせら笑われて、冬真は唇を嚙み顔をそむけた。

サディードが言う通りだ。むき出しの胸の突起は、軽く指でこねられただけで色を濃くして勃ち上がってしまった。

今の自分は全裸に剝かれ、棒の両端に手枷《てかせ》と足枷《あしかせ》がついたもので拘束され、両脚を広げて折り曲げた姿勢にされている。こんな屈辱的な姿にされているのに、快感に流されて反応してしまう自分の体が、情けなかった。

「いやらしい色だな、冬真の乳首は。普段は淡い桜色で目立たないのに、肌が白い分、勃って赤くなるとくっきり浮き上がる。この国には、こんな卑猥な体をしている者はいないぞ」

「言うなっ……ひぁ⁉」

悲鳴がこぼれた。指の間で転がすのをやめ、サディードが冬真の左胸に吸いついたせいだ。

「はうっ！　や……やめ……っ」

唇でついばまれ、濡れた舌先で転がされる。甘いしびれがそのまま心臓を直撃し、全身に広がる。

気持ちよくて、体の芯が熱を帯びて昂る。

(こんなことで……サディードに屈してたまるか)

心の中で自分に言い聞かせる。

けれどもその間にもサディードの右手は、双丘の奥に隠れたすぼまりを責めてきた。

油で濡れた指が後孔の周辺から中心まで撫で回し、ぬめりを塗りつける。皮膚と粘膜の境界を優しく撫でられると、体が勝手に震え、固く閉じたはずの唇が開いて喘ぎがこぼれる。

「あ、ふ……もう、よせっ……ん、んっ」

「お前はどうしようもない嘘つきだ。こんなに尻の穴をひくつかせて、誘っているくせに」

「さ、誘ってなんか……」

「どうだろうな。では相手がこれだったらどうする？」

「え……？」

サディードが細長いガラスの小壜を、冬真に見えるように振ってみせた。金銀で細かい模様を描き、何段もくびれをつけた、装飾性豊かなアラブ風の小壜だ。さっき中身を手にこぼしていたから、潤滑油が入っているのだろう。しかし『どうする』と言われても、意味がわからない。

とまどう冬真に向かって攻撃的な笑みを浮かべたサディードは、ガラスの栓を抜いてから、小壜を持った手を冬真の下半身へと持っていった。左手が尻肉を鷲づかみにして横へ引く。サディードが何をする気か悟って、冬真の体がこわばった。

「待てっ、やめ……うぁああっ！」

硬いガラス壜が括約筋《かつやくきん》を無理矢理拡げて、後孔へ押し入ってきた。残っていたオイルが肉孔の中へこぼれ出て粘膜を濡らす。

「やめろっ、抜け！　抜いてくれ‼」

「暴れると割れるぞ。それに、あまり締めすぎるとどうなるか……わかるだろう？」

「……っ……」

自分の中でガラスが砕けて、破片が粘膜に刺さるイメージが脳裏をよぎる。怯《おび》えた冬真はもがくのをやめた。息を吐いて必死に後孔の力を抜く。

壜がさらに深く押し入ってくる。

「はぅ……ん、んぅっ……」

硬いガラスがぬるぬるの油を粘膜へなすりつけ、壜のくびれが思わぬ刺激を与えてくる。意志を無視した甘い声がこぼれそうになり、冬真は首を思いきりねじって横を向きシーツをくわえた。

(こんな……こんなもので感じるなんて)

以前ローターで嬲《なぶ》られたことがある。あの時も惨めな思いをしたが、あれは性感を高めるための道具だった。今回は単なるガラス壜だ。そんなもので快感を覚える自分が、いやでたまらない。

ガラス壜を冬真の中へ押し込みながら、サディードはどんな表情をしているのか。自分の後孔は、きっと油で濡れ光り、ガラス壜の動きによっては縁がめくれ返っているだろう。細かい襞は、くびれた壜の侵入に合わせて、広がったり締まったりしているかもしれない。浅ましくひくついているのが、自分でもわかる。

サディードが見ている。視線に温度などないはずなのに、熱い。

自分の一番恥ずかしい場所を——本来なら双丘の奥に隠れて人目に晒すことなどないはずの場所を、それもガラス壜をくわえ込んだ状態を、サディードに見られている。

そう思うと、体が勝手に昂ってくる。

(いやだ、見られたくない。こんな恥知らずな……いやだ)

拒絶しているはずの相手に、ガラス壜で嬲られて勃つなど浅ましすぎる。知られたくない。サディードはきっと自分を嗤い、蔑むだろう。なのにそう思えば思うほど、体は熱くほてり、甘い喘ぎが漏れそうになる。

「ん、ぅう……ふぅっ、ん……」

「声が聞こえないと思ったら、何をしている。口を開けろ」

くわえていたシーツを強く引かれて、口から外されてしまった。

冬真の顎に手をかけて正面を向かせたサディードが、ハッとしたように息をのむ。

「……痛むのか?」

問いかけてくる口調で、自分がいつのまにか涙を流していたことに気づいた。蔑まれるという予想に反して、サディードの口調には案じる気配がにじんでいたが、そうなると痴態を晒している自分の体が余計に恥ずかしく情けない。捨て鉢な気持ちになって呟いた。

「痛がっているように見えるのか、これが。お前にガラス壜なんかで責められて勃つような、淫乱な体だぞ」

「……なるほど、そういうことか。誘うつもりなどないと言ったくせに、こんなものに反応してよがり泣きしているのだからな。結局お前は、誰が相手でもいいわけか」

心配を引っ込めて怒りをあらわにした声で言い、サディードは乱暴にガラス壜を引き抜いた。

「ああぁぁっ！」

荒々しい刺激に冬真の体がそりかえる。だが呼吸を静める暇もなく、両脚を抱え込まれた。熱いものが、ガラス壜で拡げられたばかりの後孔に当たる。

「ひっ……あ、あぁ！　くぅうっ‼」

ねじ込まれた。再び背中がそりかえった。

冷たいガラス壜とは違う、弾力のある硬さだ。そして熱さや太さは、壜とは比べものにならない。その牡が、自分の粘膜を押し広げて、深く、深く、侵入してくる。

「やっ、ぁ……んぅ！　くはぁっ！」

とぎれとぎれの悲鳴がこぼれる。さっき中へ流し込まれた油のため、摩擦はない。それなのに侵入が深まるたびに顎ががくがく揺れ、声を出さずにいられないのは、押し入ってくる牡が大きすぎるせいだ。

自分の体が今、サディードの形に広げられていると思うと、一層体が熱くなる。

「完全に勃ったな。そんなに気持ちいいのか？　誰が相手でも、お前は……」

乱暴に突き上げながら、サディードは言葉をとぎれさせた。その口調に胸を突かれて、冬真は自分にのしかかっている男の顔を見上げた。

（どうしてそんな眼をするんだ、サディード）

最初に自分を犯した時のように、面白がり楽しんでいる眼ではない。むしろ苦しく、哀《かな》しげだ。自分の体を思い通りにしているはずなのに、なぜだろう。

以前告げられた言葉が脳裏をよぎる。

『俺を愛せ』

あの言葉は本気なのか。自分の心を求めているからこそ、こんな状況になってしまったことを、サディードは悔やんでいるのか。

（……だめだ。信じてはいけない。だめなんだ）

あのペンダントが欺瞞の塊でしかなかった——それを思うと、昂り絶頂へ追い上げられていく体とは裏腹に、心が冷える。だが怒りだけでなく、哀しみに似た重苦しさが心の奥底に沈んでいるのも感じる。なぜだろう。自分は何が悲しいのだろう。

そしてサディードもまた、心に鬱屈を抱えているのかもしれない。荒い息を吐き、時には獣めいた唸り声さえ漏らして冬真を責め立てながらも、瞳には愉悦より苦渋の色が濃かった。

やがて、

「……くうぅっ……‼」

呻き声とともに、サディードが荒々しく引き抜いた。粘膜がめくれ返りそうな感触にのけぞる間もなく、熱い液体を双丘にぶちまけられた。

牡は抜けたのに、ほとばしる勢いが激しすぎて、精液が後孔を犯して中へ入ってしまいそうだ。――そう思った時、冬真も達した。

「あ……ぁ……」

虚脱感の中で、なんのためにこんなことをしているのだろうと思った。自分も、そしておそらくはサディードも、心の中に決してとけない氷のようなわだかまりを抱えているというのに、肌を合わせることになんの意味があるのか。

閉じたまぶたの間からまた涙がこぼれる。

「冬真？」

体を離したサディードが当惑した声で呼びかけてくる。自分が声に出していると意識しないまま、冬真は呟いた。

「なぜ、裏切った……？　信じようと……思った、のに……」

「……」

無言のまま、サディードはベッドから下りた。独房の扉を開けて通路へ出ていく。サディードが何を思っているのか、自分がどうしたいのか――冬真にはわからなかった。

普段は濡れタオルで体を拭くだけだが、サディードに抱かれた日だけは牢から出て体を洗うことが許される。無論、以前のような花の香りが漂う大理石造りの浴室でも、油断すれば溺《おぼ》れそうなほど広いジャグジーつき浴槽でもなく、囚人用の狭いシャワーブースだ。何よりもなじみのない衛兵に監視されながらでは、くつろげるわけがない。

しかしこの日は違った。衛兵に連れられて地下牢から出る階段を上がると、見覚えのある小柄な人影が浴用品を抱えて待っていた。

「ミシュアル……」

「トーマ様！　お元気でしたか」

安堵の色をあらわにして、ミシュアルが自分を迎える。

「サディード殿下のご命令で、今日はシャワーではなくゆっくり入浴をと……狭くて質素な浴場になりますが、我慢なさってください。ご案内します」

ミシュアルは恐縮していたが、普通に入浴できるだけでありがたい。それに連れていかれた浴室は、狭い賃貸マンションに慣れた日本人の感覚では充分に広かった。逃亡を防ぐためドアの外には見張りの衛兵が立っていたが、中には入ってこない。ミシュアルが体を洗う世話をすると申し出てきたが辞退して、洗髪と背中を流すことだけを頼んだ。他人に触れられるのは好まないけれど、用事をまったく頼まないとミシュアルががっかりする。

湯加減を見てくれるよう頼み、ミシュアルの視線が自分から逸れている隙に大急ぎで、シャワーを浴びて体の汚れを流した。腿や腹を汚した精液は一応ティッシュで拭ったけれど、完全に拭き取れたわけではない。見られないうちに、早く洗い落としたかった。

浴槽にたっぷり張られた湯に身を沈めると、我知らず溜息がこぼれた。牢暮らしの緊張でこわばった筋肉が、温められてじんわりほぐれていくのがわかる。

心地よさにまぶたを閉じ、もう一度大きな息を吐いた。

「ごゆっくりなさって少しでも疲れを癒やしてください、トーマ様。申し訳ありませんが、入浴のあとは、またあの牢へ戻っていただかなくてはならないんです」

「わかっている。ミシュアルが気にすることじゃない。それよりリンデンの木はどうなっているか、知らないか？」

すまなさそうな顔で言うミシュアルに微笑《ほほえ》んでみせて、冬真は問いかけた。ずっと気になってはいたが、自分を監視している衛兵に尋ねる気にはなれなかったのだ。

「アブドゥルが指揮を執って、一生懸命世話をしています。でも皆、この治療法でいいのかと心配そうです。変化を見つけてもトーマ様に見せて、指示をしてもらえませんから」

「何かあったのか⁉」

「いいえ。そうは言っていませんでした。えっと、アブドゥルが『今のところリンデンの状態に大きな変化はない。だけどよくなってもいない』って。それで、トーマ様に訊いてきてほしいって頼まれました。消毒薬の配合と、水をどのくらい与えるか、それに……」

パソコンがないのでデータを見ることはできない。覚えている範囲で答えた。ミシュアルは一言も聞き逃すまい、忘れまいという表情で聞いている。

誠実な少年召使いに、冬真は前から気になっていたことを問いかけた。

「ミシュアルはイスラム教徒だろう？　僕もサディードも男だし、その……教義に反する関係なのに、横で見ていて気にならないのか」

サディードに愛人として扱われるようになって以来、召使いや庭師の中に自分に対してあからさまな侮蔑を向けてくる者が現れた。同性愛を禁じるイスラム教徒なら、当然の反応だと思う。ミシュアルは困ったように口ごもった。

「そうなんですけれど……でもトーマ様は立派で高潔な方です。お仕事にとても真面目だし、えらい人に媚びへつらったり、下働きに対して威張ったりなさいません。殿下のお相手としては、お暇《いとま》を出されたファティマ様よりずっとふさわしいと思います。何よりサディード殿下が深くご寵愛になっている方ですから」

ミシュアルの場合、教義よりもサディードへの崇敬が勝るらしい。もともとこの国はアラブ諸国の中では宗教的な締めつけがゆるく、異国人や異教徒に寛容だ。大っぴらでさえなければ、教義違反にも目をつぶるという下地があるのかもしれない。

「サディードを尊敬してるのか？　あいつもやたら威張っていると思うけれど……」

「王族の方はあまりぺこぺこしてはだめです、他の国から見くびられます。それに砂漠で暮らしている遊牧民はあまり国の方針には従わず、自治を求めます。弱気だとつけ入られて反対されて、砂漠に道路を造ったり、鉄道を引いたりできません。サディード殿下はちゃんと実績を上げておいでですし、強気な方がいいんです」

「確かに、低姿勢のサディードなんか想像できないけど……」

曖昧《あいまい》に賛成して、冬真は考え込んだ。

単に傲慢なだけなら、自分の心が動きはしなかった。圧政的な態度の合間に覗かせた、王子という立場ゆえの孤独な表情や、怒ったというより子供が拗ねたのに近いふくれ面、肌がカフェオレ色でわかりにくかったけれども照れて頬を紅潮させ、視線を逸らした横顔――そんな、傲慢さの裏に隠している弱さに、自分の反発は徐々に薄れた。

だが人としての根元的な部分で寄せた信頼を裏切り、それを悪いとも思っていないサディードの態度は、到底受け入れられない。

バスタブから出て、用意された椅子に腰を下ろした。ミシュアルは冬真の髪を丁寧に洗いながら、哀しげな口調で話しかけてきた。

「トーマ様、少しお痩《や》せになりました。殿下にお願いして、牢から出していただきましょう」

「多分無駄だ。リンデンを治療したいから牢から出せと頼んでも、サディードは聞き入れないよ」

サディードの言動を見ていると、そんな気がする。以前と違って、冬真の反抗をも楽しむような遊びを含んだ気配が伝わってこない。自分が心から服従することを望んでいるのだろう。けれどそれは不可能だ。自分は奴隷にはなれない。

そして自分も、サディードを許せない。

最初のように憎しみと怒りだけを抱いていたのなら、騙されてもどうということはなかっただろう。なまじ感情が傾いていたから——サディードの育ち方に思いをめぐらせたり、彼なりに自分を気遣っているのかもしれないと考え、玩具ではなく一人の人間として認められたと感じて嬉しかったから、裏切られて大きなショックを受けたのだ。

（お笑い種《ぐさ》だな）

レイプされ脅迫され騙されて、それでも合間にサディードが見せる素のままの表情にほだされていたなど、愚かしいとしか言いようがない。

いや、『ほだされていた』という過去形で、はたして正しいのだろうか。

弟に懸想をばらすという脅しは、もはや効力を失った。本気でサディードを憎み嫌っているのなら、目などの急所に爪を立てるとか、口で奉仕すると騙して嚙みつくとか、激しい抵抗の仕方があるはずだ。極端な話、自殺という方法もある。だが今までそんな手段が頭に浮かんだことはなかった。いやだと思い、拒絶の言葉を口にしながらも、身を任せていた。自分はいったい、サディードをどう思っているのだろう。

「……トーマ様? 大丈夫ですか、ご気分が悪いんですか?」

「あ、いや、違う。久々の入浴で、ぼうっとしていたんだ」

冬真の背を洗い終わったミシュアルが、丁寧に湯をかけて泡を流しながら言った。

「やっぱりサディード殿下にお許しを願いましょう。地下牢が体にいいわけないし、気持ちも滅入るでしょう? トーマ様がお願いすれば、きっと殿下はもとのように大事にしてくださいます」

「無駄だろう。あの怒り方は、ミシュアルも見ていただろうに」

「いいえ、殿下は気性の激しい方ですから、一時の感情でこんなふうになさっただけです。本当はトーマ様を心から大切に思っておいでですとも。トーマ様がいなくなった時は心配なさって苛立って、リズク様や自分をひどくお叱りになりました。なぜもっと早く気づかなかったのかって」

「あ……そうか、僕のために叱られたのか。ごめん、ミシュアル」

「平気です。それに殿下があとで、叱りすぎたとおっしゃって金細工のバングルをくださいました。母に贈ったら、とても喜ばれました。かえってよかったくらいです。……もちろんそれも、トーマ様がご無事だったから言えることですが」

トーマの失踪に最初に気づいたのはアブドゥルだったそうだ。いつまでも中庭に来ないので、ミシュアルに連絡した。が、離宮内のどこにも冬真の姿は見当たらなかった。

その時になってミシュアルは、以前ファティマが冬真に逃亡を持ちかけたことを思い出した。

ミシュアル自身はあの言葉を信じてはいなかった。以前、年若い叔母がファティマの侍女を務めていたが、主人の攻撃的な性格を恐れて辞めたのだ。叔母から話を聞いていたので、嫉妬《しっと》深いファティマが素直に冬真の脱出を手伝うはずはない、きっと恐ろしいことを考えていると思った。

ファティマに脅されたのを忘れたわけではなかったが、冬真の命には代えられない。

連絡を受けたサディードはすぐ離宮へ戻ってきた。GPSを使って冬真の居所を調べさせ、砂漠にいることを突き止めて救援を出したのだという。

「……本当に、間に合ってよかったです。パスポートのカバーにマイクロチップをつけていなかったらと思うと、ぞっとします」

ミシュアルの言葉に、冬真はハッとして振り向いた。

「今、なんて言った……パスポートの、カバー？」

「はい。トーマ様が行方《ゆくえ》不明になった時、殿下がおっしゃっていました。トーマ様はパスポートに半透明なカバーをつけているでしょう？　その折り返しの隅に、内緒でチップを貼りつけたそうです」

「いつのまに、そんな……」

いいや、いくらでも機会はあった。庭で仕事をしている時はパスポートを部屋に置いたままだった。金庫に入れていたとはいえ、離宮の主であるサディードがその気になれば、鍵を開けて中身を取り出すことはたやすかったはずだ。パスポートを持っていく時に自分のものかどうかぐらいはチェックしたが、カバーがかかっている表紙部分をまじまじと見たりはしなかったので気づかなかった。

冬真は茫然とした。

(……ペンダントじゃなかったっていうのか)

そう聞けば、あの時の会話が嚙み合わなかった理由がよくわかる。自分は信頼の証《あかし》に欺瞞が隠されていたと思って激昂《げっこう》したが、サディードにしてみればパスポートカバーにチップを貼りつけただけのことだ。人の持ちものを勝手に触った、黙っていたという点で気まずさは感じていても、冬真が本気で怒る理由は飲み込めなかっただろう。サディードは本当に樹医としての自分を認めていた。だからこそ感謝と信頼の印に、母の形見をくれたのだ。

死んだ母親のことなどどうでもいいというふうにサディードは振る舞っているけれど、そういう態度は屈折した慕情の裏返しであることが多い。けれども自分は彼の目の前でペンダントを叩き割ってしまった。サディードが怒りを爆発させたのも無理はない。

後悔がこみ上げてきた。

「ミシュアル。サディードに伝えてほしいことがあるんだ」

「お許しを願う気持ちになられたのですね！　大丈夫です、サディード殿下は味方や部下には寛大なお方です。トーマ様さえその気なら、きっとすぐ殿下のお怒りは解けて……」

「そうじゃないんだ。牢から出してほしいとは言わないし、言えない」

顔を輝かせたミシュアルに向かい、冬真は首を横に振った。

「ペンダントを壊したことを詫《わ》びていたと、伝えてほしい。あれは僕の誤解だった。居場所を調べるためのマイクロチップを仕込んであったのは、ペンダントだと勘違いしたんだ。サディードがいい加減な作り話で僕を騙したんだと……悪いことをしてしまった。人の持ちものを勝手にいじるのはよくないけれど、僕もきちんと聞けばよかった」

冬真が牢から出られるように行動するつもりがないと知って、ミシュアルは哀しそうな顔をしたけれども、謝罪の言葉は必ずサディードに伝えると約束してくれた。

入浴を終えた冬真はミシュアルと別れ、衛兵に連れられて再び地下牢へ戻った。

4

久しぶりにゆっくり入浴できたうえ新しい寝衣を与えられ、冬真はベッドでうとうとしていた。

それでも牢暮らしで神経のどこかが緊張したままだったのだろうか、いつもの衛兵交替とは違う雰囲気を感じて目が覚めた。

体を起こしたが、通路の端の方で喋っているので話し手の姿は見えない。耳を澄ませた。

（あれは……リズクか？　そうみたいだな。何をしに来たんだろう）

どうやら衛兵にこの場を離れろと命じているらしい。一人の足音が階段を上っていき、残る一人分が長い通路を歩いて近づいてきた。

鉄格子の向こうに姿を現したのは、やはりリズクだった。冬真を見て顔をしかめる。

「起きていたのか。ついさっき殿下に抱かれたはずだから疲れて寝ていると思ったのに、タフだな。……プロの淫売のようだ」

わざわざつけ加えた一言に毒がある。いや、口調も表情もいつものリズクとは違う。悪意がむき出しだ。冬真は不審を覚えた。

冬真が知る限り、リズクは常識人だった。わがままで傲慢なサディードを補佐して、少しでも暴走を抑えるよう戒めていたという印象がある。サディードが自分を無理矢理愛人にした時も、主人に向かって早く悪い遊びをやめるよう諫めていた。それなのになぜ突然、こんな態度になったのだろう。リズクの死んだ妹はサディードの恋人だったので、サディードが自分に執着してジアを忘れそうなのが腹立たしいのだろうか。しかしそれだけの理由でわざわざ牢へ来るとも思えない。

冷ややかな顔のまま、リズクは独房の真正面に来て冬真を眺めた。

（まさか……）

思いついて冬真はうろたえた。サディードが、来られない状態にあるのかもしれない。怪我か急病か、それとも政治的な問題か。

「サディードの身に何か起こったのか？」

リズクは頷く代わりに不愉快そうに眉をひそめた。

「恋人気取りの台詞だな。殿下に逆らってこの牢へ入れられたというのに、青ざめた顔を作って心配してみせるとは。うまいものだ。そうやって相手の気持ちを弄んで自分に引き寄せるのか。やはりお前は天性の男娼《だんしょう》だ」

「ち、違う……そんなつもりじゃない」

否定しながらも、冬真は手の甲で片頬をこすった。青ざめた顔とリズクが指摘した通り、自分の頬は体温を失って冷たくなっていた。サディードが怪我でもしたかと思っただけなのに、体が勝手に反応するとはどうしたことか。

動揺を隠そうと冬真は虚勢を張り、強い口調で咎めた。

「何をしに来たんだ？　用があるならさっさとすませて、出ていってくれ」

「用はない。そう、お前に用などありはしない」

リズクがローブの内側へ手を入れた。抜き出した時、その手に握られていたのは拳銃《けんじゅう》だ。

（えっ……？）

愕然として目をみはる冬真に銃口を向ける。

「お前がすべての元凶だ。……死ね」

口角は吊り上がっているけれど、リズクの眼は少しも笑っていなかった。奥で光っているのは憎悪だ。

一瞬、サディードの命令だろうかと思ったけれども、冬真はすぐにそれを否定した。サディードは人に任せたりはしない。きっと自分自身の手で殺すことを選ぶだろう。

狭い独房の中ではどう逃げても確実に弾丸が当たる。ベッドの下に隠れても脚がパイプなので盾にはならない。思いつく策は時間を引き延ばすことだけだった。刺激しないように、できるだけ静かな口調で尋ねた。

「二人きりになったあとで僕が死んだら、犯人はすぐばれる。いいのか？」

「不幸な事故ということにすればいいさ。そうだな、お前が隙を見て拳銃を奪おうとしたとでも説明しようか。揉み合いのあげく、お前に弾が当たったように見せかける」

「そんな作り話が通るとは限らないだろう」

「通るとも。前もそうだった」

「前も？　どういう意味だ、それは」

「知りたいか？　そうだな、教えてやってもいいんだが……ジアは死んだし、真実を知る者は誰もいない。教えたあとでお前の口を塞げば同じことだ」

「教えてくれ。わからないままでは死んでも死にきれない」

「さて、どうしようか……」

「もしかして、僕を殺そうというのは妹のためか？　サディードが心変わりしないように、ずっとジアのことを覚えているように」

かろうじて思いついた理由はそれだけだったが、

「私が？　ジアのためにだと？」

さも面白い冗談を聞いたというふうに大仰に問い返したあと、リズクは声をたてて笑う。

狂気じみた声音に、冬真の背筋を冷たい汗が流れた。

笑うのをやめたリズクが拳銃を構え直した。

「やはり教えないでおこう。死ぬ人間がどう思おうと知ったことか。それにお前に親切にしてやる理由など、何一つない」

「……っ……」

これ以上話を引き延ばすのは無理だと、冬真は悟った。リズクが引き金にかけた指を絞れば、すべてが終わるのだ。手足の先が冷たくなり、呼吸が速さを増す。

なぜか、光の強い青い瞳が脳裏をよぎった。

(サディード……サディード!)

こんなことになるなら、もっと話をしていればよかった。自分が何を話したいのかはわからない。けれど会いたい。焦燥感が激しく身を焼く。

(でも、だめだ。もう間に合わない……)

そう思い、冬真が目を伏せた時だった。

通路のずっと先から階段を下りてくる足音が聞こえてきた。リズクがハッとしたように足音の方を見やる。廊下は一直線なので、下りてきた人物にはこちらの様子が一目で見て取れたらしい。大声が聞こえてきた。

「リズク⁉　何をしている!」

サディードの声だと気づいた瞬間、銃を向けられた時以上の動揺が冬真を襲った。今のリズクが何を企んでいるのかはわからない。自分ではなく、サディードが撃たれるかもしれないと思うと、氷水を浴びたように全身が冷えた。

「来るな、サディード！」

叫んでベッドから飛び降り、鉄格子へ駆け寄った。

血相を変えたサディードが通路を走ってくるのが目に映った。自分の制止など聞きはしない。そういう性格だ。

「リズク、何をしている⁉　銃を下ろせ！」

「くっ……動くな、止まれ！　それ以上近づけばこいつを撃つ！」

主の姿を見て一瞬動揺の気配を見せたものの、結局リズクは居直ることに決めたらしい。片手を鉄格子の隙間から差し込んで冬真の髪をつかみ、銃口を頭に押しつけて叫んだ。

サディードが、見えない壁にぶつかったような勢いで急停止した。冬真とリズクを見比べる目には、驚きととまどいと、それに倍する怒りが混じり合っている。

「なんのつもりか知らないが、主に向かってその態度はなんだ？　銃を下ろせ。それ以上冬真にふざけた真似をすれば、ただではすまさん」

「く……」

リズクのこめかみがひくひくと痙攣《けいれん》した。あまり刺激すると、サディードを撃つかもしれない。そう思うと黙っていられなくなり、冬真は呼びかけた。

「サディード、よせ！　リズクは本気だ、お前を裏切るつもりで……」

「黙れ！」

リズクが大声で遮ったあと、サディードをにらみつけた。唇が震えていた。

「あなたが悪いんだ、殿下。私が尽くし続けているのに、こんな反抗的な日本人などに心を奪われて……私の気持ちになど、気づきもしないで」

「リズク……？　お前、まさか」

眉間《みけん》に縦皺《たてじわ》を寄せたサディードに向かい、リズクは歪んだ笑みを浮かべた。

「どうでもいい。もうどうでもいい。私の理想だった殿下はもういない、この日本人に腑抜《ふぬ》けにされた。これ以上仕えたところで無駄だ。だったらナセル殿下について出世する方がましだ。サディード殿下の隠し財産を手土産にすれば、厚遇してもらえる。あなたが悪いんだ、殿下。こんな男に骨抜きにされたあなたが」

油紙に火がついたような早口で喋る様子は、どこかおかしい。精神の平衡が崩れかけているのかもしれない。

銃口を向けられたまま、サディードがゆっくりした口調で話しかけた。

「よく考えろ。お前に管理を任せていたとはいえ、俺が黙って横領を見逃すと思うのか」

「殿下が死ねば、見逃すも何もない」

「！」

サディードが眉を吊り上げて一歩踏み出す。だがリズクがヒステリックに叫んだ。

「動くな‼　こいつが死んでもいいのか⁉」

「……っ……」

サディードが顔を歪めて足を止めた。視線が冬真に流れる。普段青い瞳は今、感情の揺らぎのせいか緑がかった色になっている。瞳の奥に焦燥と不安を読み取り、冬真は胸を突かれた。

（なぜそんな顔をする……いや、どうして逃げないんだ。僕のことは放っておいて、兵士を呼びに行けばいいじゃないか）

リズクからサディードまでの距離は七、八メートル、近いように見えても、訓練を受けていない素人《しろうと》が命中させるには難しい距離だと聞いたことがある。リズクの腕前がどんなレベルかは知らないが、この場にとどまって交渉しているより、全力疾走で逃げる方がきっと安全だ。

けれどもサディードはその場にとどまって、リズクに話しかけた。

「落ち着け、お前が不満を抱いているのは俺だろう？　だったら俺に言え。冬真は部外者だ。その手を放せ」

「かばうのか……殿下、あなたはいつもそうだ。身のほど知らずにも殿下を拒絶する者ばかりに、心を惹かれる。そばでお仕えしている私のことは、口を利く道具としか思っていないんだ」

苦い口調で呻いたあと、一転してリズクはけたたましく笑った。さっきの笑いにもにじんでいた狂気がさらに濃くなった。瞳には精神の平衡を失いかけた者特有の、危険な色が漂っている。

サディードが顔を歪めた。

「リズク？　お前、まさか俺を……？」

「まさか、か。その程度の扱いか。しかも今の顔。殿下にとっては迷惑でしかないらしい」

「待て、考えすぎだ。誰も迷惑などとは言っていない」

なだめようとするサディードの言葉は、冬真に突きつけられた銃口のせいだろうか。視線はしばしばリズクの顔を逸れて、引き金にかかった指と冬真の顔を往復する。

しかしその仕草はリズクの怒りを増しただけのようだった。

「殿下、あなたは……そうか。そんなにこの日本人が大事なのか。だったら代わりに命を捨てることなどなんでもないだろう？　両手を上げて、ゆっくりこちらへ歩いていただこう。もう少し近くへ来てもらわないと、確実に当てられない」

「俺を撃つ気なのか、リズク」

「あなたのせいだ‼」

こめかみに血管を浮き上がらせてリズクが絶叫する。

冬真の髪をつかんだ手に力がこもった。指の震えが狂気を伝えてくる。頬が鉄格子にこすれたうえ、痣《あざ》ができそうなほどの力で銃口を押しつけられ、冬真は痛みに顔を歪めた。

「あなたが生きている限り、私は苦しまなければならない。だから……早く両手を上げてこちらへ来い、でなければこいつを撃つ！」

「待て‼」

強い声で制して、サディードはベルトに差していた短刀を外した。柄や鞘《さや》に宝石をちりばめた、王族の持ちものにふさわしい豪華さだ。

「死に方まで指図はさせない。俺には砂漠の王族としての誇りがある。部下でありながら背いた裏切り者の手にかかってたまるものか。お前に撃たれるくらいなら、自ら命を絶つ」

顔を歪めたリズクを無視し、サディードは冬真に視線を向けてきた。

「無理強いばかりしてすまなかった。だがこれだけは覚えていてくれ。はじめは軽い気持ちで誘ったが、今は違う。冬真を愛している」

「サディー、ド……」

「愛している。お前のためなら、命を捨てても悔いはない」

感情で青から緑へと変化する瞳は、リズクをにらみつけていた時とは違って普段の青さに戻っていた。いや、いつもより深みのある色合いで、今まで見たこともない優しい光を湛えている。

冬真は茫然としてサディードを見つめた。

（どうし、て……何を言ってるんだ。嘘だろう、そんなの……）

思い返せば、途中からサディードの態度は変わり始めていた。かつて聞いた『俺を愛せ』という声が、耳の底に甦る。

（サディード、お前……本当に、本気なのか？）

何も言えない冬真が見つめる前で、サディードが鞘を投げ捨てた。ゆるく湾曲した刃が蛍光灯の明かりを反射して、青白く光った。

「やめ、ろ……やめろ、サディードーっ‼」

ようやくこぼれた声は、途中から絶叫に変わった。冬真に笑いかけ、サディードは短刀を逆手に持ち、ためらいなく自分の胸に突き立てたのだ。

噴き出した血が白いローブを真紅に染めた。

さすがに驚いたのか、リズクが冬真の髪から手を放した。

サディードががくりと膝を折った。そのままうつぶせに倒れ込む。体と床の間に血がにじみ出し、ゆっくり広がっていくのが見えた。

「サディード……サディード！　しっかりしてくれ、サディード‼」

冬真は叫び続けた。けれども鉄格子で隔てられ、数メートル先の通路に倒れたサディードに近づくこともできない。

「嘘だ、こんなのって……」

今すぐ駆け寄りたい。抱き起こして胸の傷に手を当て、あふれる血を押しとどめたい。自分はなぜ、サディードの真摯な告白に返事をしなかったのだろう。

震える冬真の呟きを、けたたましい笑い声がかき消した。最初は茫然としていたはずのリズクが、今は狂ったように笑っていた。

「最初からこうすればよかったんだ！　これでもうサディード殿下は誰のものにもならない、誰を愛することもない‼　ジアの時に、こうすればよかったんだ！」

声音に歪んだ歓喜と絶望を感じ取り、冬真はハッとした。

「ジアの時？　どういうことだ、お前の妹だろう？」

「ああ、そうだ。妹だ……くそっ、いったいジアのどこがよかったというんだ！　殿下の求婚を断った、身のほど知らずな女‼　だから思い知らせてやったんだ、窓から突き落として！」

「⁉」

サディードの死が、リズクの精神から平衡を失わせたのだろうか。合間に狂気じみた甲高い笑いを混じえながら、ジアの死の真相をとくとくと語り始めた。

リズクは以前から、サディードの風貌や言動に惹かれていた。偶然にも妹がサディードと知り合いプロポーズされたことで、リズクの野望はふくれ上がった。縁故で仕えて接近し、そのうち妹から奪うことを目論《もくろ》んだのだ。しかしリズクが仕官する前に、ジアは別れを決めた。リズクは焦った。サディードがジアに怒りを抱けば、自分が近づくチャンスはなくなる。思いとどまるよう説得を試みたが、妹の決意は固かった。

「……自分を振った女の兄になど、サディード殿下は見向きもしないだろう。けれど『プロポーズと信仰の板挟みで悩んで自殺した女』の兄なら、話は変わってくる」

「そんなことのために殺したのか？　実の妹を……」

「思った通り、私が涙を流してジアの死を哀しんでみせたら、殿下はころっと騙された。『お前から妹を奪ったせめてもの償いだ』と言って、私を側近にしたよ。だがなぜか私には見向きもしなかった。私の目の前で何人もの女や男と遊び、そのあげくお前みたいな奴に夢中になって……」

「好きだったのなら、サディードにそう言えばよかっただろう！」

「殿下にそのつもりがないのに言い寄ったら、距離を置かれて今の地位をなくすだけだ。そんな馬鹿な真似ができるか」

リズクの言葉に胸が悪くなった。この男はサディードへの気持ちと権勢欲を両天秤《てんびん》にかけ、自分が傷つかないよう正面からぶつかることを避けたのだ。それでいて、思い通りにならないからとサディードを憎み、殺した。

にらみつけてもリズクは動じない。銃を持った自分の優位を確信しているせいだろう。

「ファティマやその他の愛妾は、殿下にとってただの遊びだった。だがお前には本気になった。許せない。お前など、砂漠で野垂れ死にすればよかったのに。ファティマの愚図が」

「……ファティマが僕を騙したことに、お前も関わっていたのか？」

口調で気づいて尋ねたら、リズクはあっさり頷いた。

「殿下がお前に夢中で、離宮から愛人をすべて追い出すつもりらしいと言ってやっただけだ。あの女は以前にも二、三度、殿下が気に入って連れてきた女をいびり出したことがある。しかも毎回、嫌がらせの度合いが激しくなった。恋敵を殺そうとしたのは初めてだが、失敗した。役に立たない女だ」

手にした拳銃を冬真に向け直して、リズクはさらに口角を吊り上げた。笑っているのだが、目が吊り上がっているのでひどく異様な感じがする。狂気そのものの表情だ。昔の言葉にある狐憑《きつね》きとは、こういう顔つきをするのではないかと冬真は思った。

「お前も死ね。死んでしまうがいい」

冬真の背筋を冷汗が伝う。サディードが死んだ今、生きていたいという気持ちは薄い。けれどもリズクの手にかかるのは悔しかった。

「サディードを愛していたんじゃなかったのか？　主との約束を破って平気なのか」

「死人相手に約束を守ってなんになる。それにお前が死ななければ、サディード殿下の死んだ理由に説明がつかない。あとで拳銃に殿下の指紋をつけておく。……殿下はなびかないお前を殺して、絶望のあまり自殺したことになるんだ」

「お前、そこまで……」

リズクは徹底的にサディードを裏切る気でいる。悪辣《あくらつ》すぎて、怒りを通り越して侮蔑の気持ちしか出てこない。

リズクが苛立たしげにどなった。

「何を落ち着き払っている！　殺されるんだぞ、怯えて泣きわめいたらどうなんだ‼」

「断る」

落ち着いているのか感情が麻痺しているのか自分でもわからないが、恐怖は感じなかった。卑劣なリズクに比べ、サディードの態度のなんと潔かったことか。冬真はリズクに蔑みの目を向け、言い捨てた。

「お前のような奴を喜ばせてたまるか。死ぬのも悪くない。向こうでサディードが待っていてくれるだろうからな。リズク、お前は一人で虚しく生きていけばいい」

「き、貴様……殿下といい、二人して私を馬鹿にして、見下して……殺してやる、死ね‼」

叫んで、リズクが拳銃を構え直した時だった。

「……っ⁉」

冬真は目をみはった。床に倒れて息絶えていたはずのサディードが、跳ね起きてリズクに飛びかかったのだ。

リズクの手から拳銃が叩き落とされ、床に落ちる。

サディードはすばやく銃を牢の隅へ蹴り飛ばした。そのままリズクにのしかかって床へうつぶせに押さえ込み、大声で兵士を呼んだ。

「衛兵！　誰か来い、リズクが反逆した‼」

リズクは激しくもがくが、背中に片膝を乗せたサディードが体重をかけているため、身を起こすことができないらしい。首をねじ曲げて主を見上げ、震え声をこぼした。

「なぜ……死んだはずだ。短刀で胸を突いたじゃないか」

それは冬真も知りたい。サディードの衣服の胸元は真っ赤な血で染まっているのに、本人は平気な顔でリズクを押さえ込んでいる。

床に落ちている短刀の刃が鋭すぎる光を放っているのに気づいて、冬真は呟いた。

「……仕掛けナイフ？」

リズクもそれに気づいたらしい。さっきよりもはるかに激しく暴れ出す。

「騙したな！　よくもこんな卑怯な……殺してやる、もう一度殺してやる‼」

危うくサディードが跳ね飛ばされそうになった。だがその時地下牢へ衛兵がなだれ込んできた。誰かが声を聞きつけたのに違いない。

衛兵たちはリズクを数で押さえ込み、手錠をかけて部屋から連れ出した。サディードと冬真を罵る叫び声が、長く尾を引いた。サディードを見て仰天する兵士もいたが、サディードはあとで説明すると言い、衛兵全員に出ていくよう命じた。

二人きりになったあと、サディードが大きな息を吐いてこちらへ向き直った。歩み寄ってくる。扉を開け、まだ緊張で固まったままの冬真を通路へ引っ張り出した。

「無事か、冬真」

「そ、それはこっちの台詞だ。……どうして仕掛けナイフなど持ってきた」

冬真は素っ気ない口調で言った。安堵のあまり涙がこぼれそうで、それを止めるには冷淡な態度を取るしかなかった。

「長い話になるから、あとにしよう。怒りに任せて牢に入れたりして、悪かった。つらい思いをさせたな」

「……っ……」

謝ったりしないでほしい。何もかも許してしまいそうになる。何か答えたら本当に泣いてしまいそうで、うつむいたまま黙っていたら、

「どうした、気分が悪いのか？　そうだな、ずっとここにいて体が弱っているだろうし、いやなものを見たばかりだし……よし」

言ったかと思うとサディードは冬真を両腕で抱き上げた。

「何をする⁉　下ろせ！」

「なんだ、元気じゃないか。暴れると落ちるぞ、俺に任せておとなしくしていろ」

優しく笑いかけられて、それ以上我を張る気持ちを失ったのはなぜだろう。涙があふれ、

頬を伝い落ちた。

「どうした、冬真⁉　どこか痛むのか、それともまだ怒っているのか？」

「当たり前だ！　あんな芝居をして、嘘をついて……怒らずにいられるか！　本当に死んだと思ったんだぞ‼」

涙と一緒に、なじる言葉がこぼれ出る。自分でもあきれるほど可愛げのない言い草だが、サディードは怒りもせず、優しい声で答えてくる。

「そういえばそうか。俺が待っているから死んでもいい、とか言っていたな」

「……っ……あ、あれはお前が嘘をつくから、つい騙されて……‼」

「死んだふりは嘘だが、その前に言ったことは本気だ。冬真を愛している。あの時仕掛けナイフでなく本物のナイフを持っていたとしても、お前を助けられるなら喜んで自決した」

真摯な声音にからかいや偽りの気配は感じられない。顔を上げると、さっきまでの怒りを含んだ緑色とは違う、青い色に戻った瞳と視線がぶつかった。優しく、それでいて力強い眼差しが、自分を射抜く。

執拗《しつよう》に口説かれ、あげくには暴行され、決して許さないと思った。わずかに寄せた信頼を裏切られた時には、自暴自棄になった。

けれども人の心は変わる。

裏切られたと思っていたのは自分の誤解だったし、サディードはサディードなりに自分のしたことを反省して詫びてきた。さっきの件にしてもそうだ。仕掛けナイフの芝居で騙したとはいえ、もしもリズクが自らの手でとどめを刺そうと考えたら、すべてが終わっていた。サディードがその危険に気づかないはずはないだろう。格好つけではなく本心から、自分のために命を捨ててもいいつもりだったのだ。

（どうかしてる……泣くほど、嬉しいなんて）

もう自分は、サディードにされたことすべてを許してしまっている。大きく揺れていた心は、一方に傾いて動かなくなった。

（どうか、してる。ひどい真似ばかりされたのに、こんな奴のことを……）

なおもあふれそうな涙をこらえ、「馬鹿」と呟いてみたけれど、自分でも赤面するほどその声音は頼りない。サディードが笑いを含んだ声で答えてきた。

「可愛げのないところが可愛いな、お前は。だが話はあとだ、今はゆっくり休め。寝室へ連れていってやる」

「ありが……いや、その前に中庭へ連れていってくれ。リンデンの様子を確かめたい」

「俺とリンデンとどちらが大事なんだ」

「選べない。お前が生きていて無事なのはわかっているから、リンデンを見たい。お前が死にかけていたら、お前のそばにいる方を選ぶ。……連れていってくれないのか？」

サディードが溜息をついたあと苦笑した。

「木と同格なら、大した進歩と言うべきだろうな。そのうち絶対に、俺が一番大事だと言わせてやるから、覚悟しろ」

脅迫めいた言葉の内容とは裏腹に、声音は甘く優しい。自分を抱き上げる腕の強さに安心する。服を通して伝わってくる体温が心地よい。

「中庭へ着く前に降ろしてくれ」

そう頼んで冬真は体の力を抜き、広い胸にもたれた。


中庭へ行くと、アブドゥルが大喜びで迎えてくれた。

冬真が牢に閉じこめられて様子を見に来られなかった間も、それまでの指示をもとに一生懸命世話をしてくれていたようだ。これだけ弱った木を現状のまま保つには、庭師たちの気苦労は並大抵ではなかっただろう。感謝する冬真に、これが我々の仕事だからとアブドゥルはにこにこ笑った。

そして一つ、思いがけず嬉しいことがあった。

幹に掌を当てる冬真を、数歩離れた場所から眺めていたサディードが、木の上の方を指さして冬真に問いかけた。

「おい、あれはなんだ?」

「え」

サディードが指さす先に見えたのは——枝についた新芽だった。

とても小さな芽だし、アブドゥルの話では過去にもこのリンデンが芽を吹いたことはあったけれど、最近では葉として成長する前にいつも黒く萎れてだめになったという話だから、油断はできない。それでも新芽が吹くのはその場所まで水分や養分が届いている証拠だし、優しく淡いライムグリーンの色は見る者の気持ちをやわらげた。

この芽を大事に育てていかねばならない。もっともっと多くの芽が吹き、木が元気を取り戻すように、手を尽くさねばならない。

そのあとはどうやら張りつめていた気持ちがゆるんで、気を失ってしまったらしい。

目を覚ました時には、もとの客室に戻され、ベッドに寝かされていた。羽毛布団がやわらかく体を包み、甘い花の香りが鼻孔をくすぐる。そして誰かが片手を握ってくれている。

手の温度と大きさに、覚えがあった。手から手首、腕、肩と視線を上げた。男らしい彫りの深い顔、豊かな金色の髪、安堵の色を漂わせた青い瞳がそこにあった。サディード一人きりだ。リズクがいないのは当然としても、ミシュアルもサディードづきの召使いもいない。

「どうしたんだ……？　ミシュアルや、他の召使いは？」

「目が覚めて最初に訊くことがそれか。俺以外の奴のことなど気にするな」

むくれた顔をしたものの本気で怒ったわけではないらしく、自分が追い払ったとサディードは説明してくれた。

「お前を砂漠から助けた時は、用があってそばにいることができなかった。だから今度は寝顔も起きる時の様子も、俺が独り占めしようと思ってな。医者は疲れて体が弱っているだけで、休んで滋養を取ればすぐ回復すると言っていた。喉は渇いていないか、何か食うか？」

「……ずいぶんな変わりようだ。今朝までの態度はどうした」

矢継ぎ早の言葉にあきれた冬真に、サディードが居心地悪そうに呟く。

「本当は、ずっとこうしたかった。だが反抗されて腹が立って、意地になった。こっちから機嫌を取るような真似などしてやるものかと思って、素直に行動できなかったんだ」

つかまえていた冬真の手の体温を確かめるように、慈しむように、そっと撫でさすってサディードが言葉を続ける。

「リズクがお前に銃を向けているのを見て……俺の心臓が止まるかと思った。俺は本当に馬鹿だ。以前お前が倒れた時や、砂漠で死にかけた時にも同じ後悔を味わったのに、お前がどうしても従わずに俺から逃げようとするから苛立って、閉じこめた。もし牢に行くのが間に合わずお前が殺されていたら、どんなに後悔しても追いつかなかっただろう。だがリズクがいなくても、あのままではお前は過労で死んでいたかもしれない」

冬真の手を自分の頬に押し当てて、言葉を継いだ。

「俺に従わなくてもいい。愛さなくてもいい。お前が望むなら解放して日本へ帰す。……お前がこの世からいなくなってしまうよりは、ずっとましだ。そう思った」

こうも素直に出られると、意地を張っているのが恥ずかしくなる。冬真はうつむいて呟いた。

「別に、日本に帰りたいと言った覚えはない。リンデンの治療もあるし……」

「やはりリンデンが一番大事か……それでも、あの言葉は嬉しかった。死んだふりを忘れそうなほどだった」

リズクに向かって言った『死ぬのも悪くない。向こうでサディードが待っていてくれるだろうから』という台詞のことだろう。サディードが死に、自分も殺されると思ったからこそこぼれた言葉だが、思い返すと頬が熱を帯びる。とてつもなく気恥ずかしいが、つかまれた手を引こうという気にはなれない。一つ間違えば自分かサディードか、あるいは両方が死んでいたのだ。

「そういえばお前はなぜ、仕掛けナイフみたいなふざけたものを持って牢に来た?」

問いかけるとサディードは、きまりの悪そうな顔で視線を逸らし、冬真の手を放して頬を掻《か》く。冬真は無言で見つめてプレッシャーをかけた。しばしの沈黙のあと、サディードが渋々といった表情で口を開いた。

「ミシュアルの伝言を聞いて、お前の本心を確かめたくなった」

「どういう……」

「お前のすべてがほしかった。体だけでなく心もだ。だがお前は俺を拒否していたから、どうすればいいのかわからなかった。俺はお前をいじめたいわけでも、苦しめたいわけでもないんだ」

「よくそんなことが言えるな」

冬真はサディードをにらんだ。最初に自分が何をされたかを思い出すと、白々しすぎる台詞だ。過去の怒りが甦り、心の底にある愛情を覆い隠してしまいそうになる。

普段の威厳はどこへやら、サディードがますますきまり悪そうな顔をして身を縮めた。

「最初は珍しい日本の美人を見て、軽いお遊び程度のつもりで手を出したんだ。だが冬真が素っ気なく拒否するから意地になった。体で従わせて快感を覚えさせて金品で機嫌を取れば、きっとすぐなびくだろうと……」

「猛烈にお前を殴りたくなったんだが、構わないか?」

「待て冬真、落ち着け。お前のことをよく知らなかったせいだ、今ならもう間違えない。それに、簡単になびくような浅い人柄であってほしいという希望もあった」

「?」

「ジアのように、俺を最後まで拒否して自殺……本当はリズクに殺されたんだが、そうとは知らなかったからな。冬真も俺を拒否するのか、同じことを繰り返すのかと思うと、お前に惹かれれば惹かれるほど、不安だった。腹立たしかった」

そう語るサディードの顔は、苦しげに歪んでいる。

冬真は思った。サディードの心に、ジアの記憶は治りきらない古傷となって残っていたのだろう。そして自分もまた求愛を拒んだ。悪夢を再現させたくないという気持ちが、サディードに無茶な行動を取らせたのかもしれない。しかしその方法は決して褒められたものではない。

「僕を牢へ入れたのはなんのつもりだ。あんなやり方で僕がなびくと本気で思っていたのか？」

「違う。ただ……どうすればいいのか本当にわからなかったんだ」

サディードがうなだれた。傲慢な砂漠の王子には似合わない、悄然《しょうぜん》とした姿だった。

「お前は表面的に従いはしても、心を開こうとはしない。俺としては最大限譲歩したつもりでいてもまったく効果がない。少しは距離が縮まったかと思えば、すぐ身をひるがえす。だからイライラして、ひどい真似をせずにはいられなかった。お前が俺を嫌うのなら、いっそ徹底的に嫌われてやろうとさえ思った。心の隅で自分が間違っていると思いながら、止められなかった」

「権力のある身分でそんな感情に任せた真似をしていたら、国が滅ぶぞ」

「他の奴にはしない！　他の相手に、この俺がこんなに動揺させられたりなど……お前だけだ。お前が相手だから、俺は自分を抑制できなくなる」

特別扱いだと言われているらしいが、喜んでいいものかどうか。やはりサディードには親のしつけが足りなかったらしい。人とのつき合い方が未熟すぎる。

(僕が誤解から怒ったのも原因の一つだけど、それにしたって……小学生男子じゃあるまいし)

あとでじっくり説き聞かせる必要がある。

冬真が考え込んでいると、サディードが手を重ねてきた。

「もう、お前を傷つけることはしない。……お前の気持ちがつかめなくて、どうしたらいいのかわからずに、牢に入れてしまった。だが少しも気持ちは晴れなかった」

そんな時、サディードはミシュアルからの伝言を聞いた。謝る代わりに地下牢から出してくれと頼むのが普通だろうに、冬真はそうは言わずに『誤解でペンダントを壊して悪かった』という伝言を託した。そのためサディードはますます混乱した。嫌われているのか、そうではないのか、まったくわからなくなった。

そして冬真の気持ちを確かめる方法として思いついたのが、あの仕掛けナイフだ。

「この先一生、お前を牢に閉じこめ、奴隷にすると言ったら……お前は俺を殺してでも自由になろうとするだろうか。それとも、殺されても従うまいとするだろうか。その答えを知りたかった」

「芝居を仕掛ける気だったのか?」

「命を落とすか、逆に俺を殺すか、そこまでしてもお前が俺を拒絶するなら、もう手の打ちようがない。これ以上お前を苦しめるより、日本へ帰すつもりだった」

サディードがそこまで心を決めていたとは思いもよらず、冬真は目を瞬いた。サディードの言葉は続いている。

「だがもしお前が、死ぬよりはましだと思って俺を受け入れるなら、まだ希望があるだろう。どちらか見極めたくて地下牢へ行ったんだ。リズクがいたのは計算外だったし、まさか奴がジアを殺したとは思いもよらなかったが……」

横を向いたサディードの瞳がフロアランプの明かりを受けて光ったのは、涙でうるんでいたせいだろうか。恋人が自殺でなく殺されていたこと、その動機が自分に関わったものだったこと、犯人のリズクを何も知らずに重用したこと――サディードにとっては、何もかもが痛烈すぎる打撃だっただろう。

冬真は何も言わず、いたわりを込めてサディードを見つめた。視線に気づいたのか、サディードは指先で軽く目頭を押さえ、再び冬真の方を向いた。

「ジアのことはもういい。今の俺が愛しているのは冬真、お前だ。すぐに忘れる」

「無理をするな、忘れなくていい」

驚いたように目をみはるサディードに視線を合わせ、冬真は頷いてみせた。

「僕を僕として見てくれれば、それでいい。誰かに恋したからといって、親兄弟や友達や仕事を忘れたりはしないだろう？　玩具にされるのは不愉快だが、そうではなくて、僕を愛してくれるなら充分だ。……サディードは一度、ジアという女性の墓参りをすべきだ。彼女が自殺したと思ってわだかまりを抱えていたんだから」

「冬真は寛大すぎる。いくら過去のこととはいえ……」

「真相を知ったのはついさっきだ。焦らずゆっくり受け止めればいい、無理をするな」

しばらく黙って眼を見つめていたあと、サディードは毛布の上に出ていた冬真の手を取り、両手で包み込むようにして握った。

「お前を愛していてよかった。ジアの記憶が鮮やかに残っている状態で、リズクに殺されたなどと知ったら……耐えられなかったかもしれない。俺はまんまと騙されてあの男を重用して、ジアの思い出話をしたりしていた。よくも……!!」

「落ち着け。知らなかったんだ、仕方がない」

まだ気持ちの整理がつかないのか、苦しげに顔を歪め、すがるような目つきでサディードが言う。

「お前がいてくれてよかった。冬真……愛している」

地下牢でも聞いた言葉だ。あの時初めて自分は、反感や矜持を捨てて本当の気持ちを認めることができた。

胸から鮮血をあふれさせて倒れたサディードの姿が脳裏をよぎり、驚愕と恐怖が甦ってきた。冬真はぽつりと呟いた。

「……死んでしまったと思った」

「リズクに隙を作らせるには他に方法がなかった。俺一人だったらあんな芝居は必要なかったが、奴は銃を持っていたからな。危険は冒せなかった」

「演技がうますぎる。本当に死んだと思った」

うつむいて繰り返した冬真の肩に手をかけて、サディードは真摯な口調で言った。

「俺が死んだところで、約束通りにリズクがお前を見逃すとは思えなかった。奴を騙さなければならないと思って必死だったんだ。心配させてすまない」

「今はわかる。でもあの時はお前が死んだと思って、怖かった。……生きていてくれてよかった」

サディードの手に力がこもる。

「さんざん回り道をしてやっと心が通じたんだ。二度と放さない。……冬真。もう決してお前を傷つけない。神に誓う」

「お前、それほど敬虔《けいけん》なイスラム教徒じゃないだろう」

「では砂漠の民の誇りにかけて誓おう。冬真、愛している」

何度目かの愛の告白とともに、引き寄せられた。冬真は逆らわずにまぶたを閉じた。

唇が重なる。過去に何度も口づけているのに、初めてのように胸が高鳴る。きっと互いの本当の気持ちを知ったせいだ。

「ん、んっ……ふ……ぅんっ……」

鼻にかかった甘い声がこぼれた。

初めて会った時、男性的な色気を漂わせていると思った厚めの唇が、自分の唇をついばむように味わっている。舌先で舐め、軽く歯を立ててくる。その感触が心地よくて、口づけだけで体が昂ってしまいそうだ。いや、すでに昂り始めているのが自分でわかる。

（どうしたっていうんだ……十代でもあるまいし、キスだけでこんなになるなんて）

気恥ずかしい。そのくせ離れたくない、もっともっと近づきたいとも思う。

いつしか冬真は自分から舌を伸ばして、サディードの唇を探っていた。

驚いたのか、サディードの体がぴくっと震える。だがすぐに冬真を強く抱きしめ、髪を指でくしけずって応えてきた。歯を割って冬真の舌を迎え入れたあとは、舌をからませ、ちぎれそうなほど強く吸う。冬真も夢中で吸い返した。混じり合った唾液を飲み込む音が聞こえた。自分の喉が鳴ったのか、サディードなのかもわからない。どちらでも構わないし、同じことだ。

熱く濡れた舌が、記憶を刺激する。この舌だ。この舌がかつて自分の耳孔《みみあな》を犯し、乳首を弄び、脇腹や腿や、ありとあらゆる場所に快感を与えてきた。

（サディード……僕の唇は？　舌は？　僕はお前を、感じさせることができているか？）

自分がサディードをほしいのと同時に、サディードに心地よくなってほしいと思う。サディードを愛している。だからこそ彼の愛情に報いたい。

唇が重なったままなので言葉は出せない。ただ願った。

――だが突然、サディードが冬真の両肩をつかみ、もぎ離すようにして口づけをやめた。

「サディード?」

もしや自分の態度が気に障ったのだろうか。冬真はうろたえて青い瞳を見つめた。サディードが苛立ちをむき出しにして、頭布の上から髪をかきむしる。

「そんな目で俺を煽るな。……くそ、反抗的な態度のお前には支配欲をそそられるが、積極的なお前は、まともに腰へ来る。これ以上続けたら抱きたくなる。抱きたい。畜生。他の愛人で代用できる程度の軽い気持ちじゃない。お前でなくてはだめだ。俺にどうしろというんだ、自分でやれとでも? そんな真似、十一歳の時からご無沙汰だぞ。やり方がわからん。だが今の俺は冬真以外の相手とはしたくないんだ」

サディードは頭布をむしり取り、丸めて壁に投げつけた。それでも苛立ちはおさまらないらしい。立ち上がって部屋の中をうろうろと歩き回る。

「お前……」

あきれると同時に冬真はほっとした。笑みがこぼれるのが自分でもわかったが、自分自身に我慢を強いているサディードは、それにも気づかないらしい。

「わかっている。冬真の体は疲労で弱っているんだ、今必要なのは休息だ。ああ、わかっているとも。愛する冬真に無理を強いるほど俺は暴君ではないぞ。たかが数日の我慢ができないほど、わがままでもない。欲望に流されてお前を疲れさせて、嫌われるような真似をするものか」

どう考えても冬真にではなく、サディード自身に言い聞かせている。つまりはそれほど、したいらしい。頬が上気するのを覚えつつ、冬真は小声で呟いた。

「少しくらいなら、いい」

「え？」

熊のように室内を歩き回っていたサディードが、ぴたりと歩みを止めて視線を向けてきた。聞き返すな馬鹿、とは思ったが、ここで『なんでもない』と言えばしつこく問いただしてくるだろう。面倒だ。それに正直なところ、冬真自身が今サディードを欲している。一方的に犯される今までの関係を断ち切り、心が通じ合い、互いに求める形で肌を重ねたい。きっとわだかまりが消え、新しい関係を築けるという予感がする。

「少しなら、してもいいと言ったんだ」

「いいのか⁉」

サディードの顔が輝いた。

現金すぎる反応にあきれる一方で、可愛いと思ってしまうのは、冬真自身の気持ちが変化したせいか。ほだされそうな自分を戒めるべく咳払《せきばら》いをしてから、冬真は補足した。

「少しと言っただろう、無茶をしたら怒るぞ。まだ本調子じゃ……ん！　ぅっ……ふ……」

ベッドに飛び込む勢いで覆いかぶさってきたサディードが、言葉をキスで封じた。その行動のすばやさに、早まったかもしれないという思いが胸をかすめたけれど、再びの熱っぽく甘い口づけは冬真の迷いをあっさり粉砕した。――残るのは、愛しさだけだ。

夢中で舌をからめた。

唇や舌だけでなく、もっと触れ合いたい。素肌を重ねたい。互いに互いの衣服を剝ぎ取り、名を呼び、ベッドの上でもつれ合った。

かつてないほど積極的に振る舞っているつもりだったが、サディードの手慣れたやり方にはかなわない。気がつくと冬真は全裸にされて横向けに転がされていた。結局主導権を握るのはサディードらしい。

上になっていた右脚をつかまれ、思いきり引き上げられる。

「……っ……」

冬真は音をたてて息を吸い込んだ。一瞬にして全身がほてった。

男として、肉茎や蜜袋を見られる程度ならありえないことではない。学生の頃、水泳の授業での着替えや、旅行の時の風呂などで、注視はしないまでも互いに見たり見られたりはする。だが後孔となると、よほどのことがない限り他者の目には触れない場所だ。そのすべてをサディードの視線に晒していると思うと、恥ずかしくてたまらない。これまでにも見られたことはあるが、強制されているという逃げ道があった。今は違う。強制ではないからこそ、羞恥を強く感じる。

サディードはなかなか脚を下ろさない。相手が恋人でなければ――いや、恋人であっても、ものには限度がある。

「い、いつまで覗き込んでいるんだ、馬鹿！　するならさっさとしろ！」

冬真の片脚を持ち上げたまま、サディードはにやりと笑った。

「なんだ、待ちきれずにおねだりか？」

「貴様‼」

「怒るな。冗談だ。……無理強いでなく冬真とこんなふうにできる、こういうことをしてもお前がいやがっていないと思うと感無量で、ついついじっくり眺めたくなった」

やっていることはただの色魔だが、言葉はしおらしい。冬真は枕《まくら》に顔を伏せて呟いた。

「あまり、見るな。恥ずかしいんだから……」

生唾《なまつば》を飲み込む音のあと、悔しそうに呻く声が聞こえた。

「くそっ。お前は煽るのがうますぎる」

「僕がいつ煽った！　勝手な言い草は……あっ⁉」

高々と上げさせていた右脚を下ろし、サディードが覆いかぶさってくる。

斜め後ろから冬真を抱きすくめる格好で、肩口に唇を這わせ、前に回した両腕で素肌を愛撫し始めた。胸元を撫で、乳首をつまんでこねる。片手で脇腹から腰、腿を撫で下ろす。

「ん……は、ぅ……」

ソフトな触れ方がもどかしく、それでいて気持ちいい。思わず喘ぎがこぼれ、体が熱くほてり始める。腿の裏側には熱く硬い感触が触れてきた。

なんなのか悟って、胸の鼓動が激しくなる。もうサディードは臨戦態勢らしい。

けれどもすぐに体をつなげようとはしてこない。思いが通じ合って初めての交歓をじっくり楽しむつもりか、冬真を抱きすくめたまま指や舌で丁寧に愛撫をくわえてくる。うなじを吸った唇が、焦れったいほどの丁寧さで這い上がり、耳に届いた。

「ひぁっ……‼」

自分でも恥ずかしくなるほど甘い声がこぼれた。冬真の耳朶《みみたぶ》を口にふくんだサディードが、飴玉でもねぶるように舌先で弄んだ。耳を愛撫されているだけなのに、電流のような刺激が背筋を走り抜け、身を縮めずにはいられない。足の指までがひくひくする。

「や……ま、待て！　待って、くれ……」

制止したが、サディードは素知らぬ顔で相変わらず耳を責めてくる。耳殻に添って舐め上げたあと、耳孔に尖らせた舌先を差し込まれ、冬真はのけぞった。

「あ、はぁぅっ！」

一際高い声がこぼれてしまい、恥ずかしさに顔が熱くなる。だがなぜか、腿のあたりにも妙な熱さを感じた。

「……う……」

サディードの低い呻き声が聞こえ、動きが止まった。耳を犯していた舌が抜けていく。

顔を上げて視線をめぐらせると、サディードは非常に気まずそうな、悔しそうな表情をしている。早口で喋り出した。

「事故だ。不本意な偶然だ。こんなに早く出ることなど、ありえない。冬真があまりにも艶っぽい顔をして、甘い声で俺を煽るせいだ。決して俺は早漏ではない。お前も知っているだろう？　今のは単なる景気づけのようなものだ、前奏だ。これからが本番だ、何度でもいけるぞ」

必死で言い訳を並べ立てる様子を見て、笑い出したくなった。腿のあたりに感じた熱さは、サディードが暴発させたためらしい。

以前はえらそうで傲慢で、サディードの言動すべてが腹立たしかったのに、心が通じて自分の感じ方が変わったのか、威張ろうとする素振りさえもが可愛く見える。

「そんなに気にするな」

「気にする。くそ、奉仕を受けたわけでもないのに、こんなに早く……格好悪い」

「だから、気にするな。僕は威風堂々として威張っているお前より、格好悪いことをしでかして焦っているお前の方が好きみたいだ」

「喜んでいいのか、嘆くべきかわからん。……いいや、すぐに気持ちを変えさせてやる。俺がどれほど強く格好よく優れているかをわからせて、そういう俺に夢中にさせてやる」

不穏な決意を口にしてサディードは体を起こした。

サイドテーブルの引出を開けて取り出したのは、オイルの壜だ。今朝の壜とは違うが、同じように何段もくびれがついている。牢でくわえられた暴行を思い出し、冬真は急いで言った。

「この前のような真似はごめんだからな」

「わ、わかっている。あれは、その、お前が逆らってばかりだから苛立って、つい」

「僕のせいか」

「違う、そうじゃない、つまり……すまん。悪かった。二度としない」

冷ややかな声を出すと、サディードがうろたえ顔になり謝罪の言葉を口にした。こう素直に出られると、こっちも許さないわけにはいかない。

「もうしないのなら、いい」

呟いてシーツに顔を伏せた。怒った顔を続けることもできず、かといってこのあとサディードに貫かれるとわかっているのでは、どんな表情をしていればいいのかわからない。

ぬらつく指が後孔に触れた。周辺を撫で回す。オイルを塗るためだとわかってはいたが、それがサディードの手だと思うだけで体が熱く昂る。くちゅ、と音をたてて指が入ってきた。

「んっ……」

反射的に息を詰め、身を縮めた。サディードがなだめるような声をかけてくる。

「息を吐け、冬真。俺の指を食いちぎる気か。締めるのは本番の時でいい」

「ば、馬鹿！」

とはいえ締めつけていては自分もつらい。ゆっくりと息を吐き、力を抜いた。サディードの指がゆっくりと侵入してきて中を探る。肉をほぐすように、オイルを粘膜へ塗り込むように——初めての時には苦痛と違和感でしかなかったものが、今は明らかに快感として体に広がっていく。それも、今まで抱かれた時とは比べものにならないレベルだ。

（……まさか、こいつ⁉）

勢いよく頭を起こした冬真は、サディードをにらみつけ詰問に近い口調で言った。

「お前、また媚薬を使ってるのか⁉」

「えっ？　いいや、単に普通の、すべりをよくするだけのオイルだ」

怒りを含んだ冬真の声に驚いたのか、念を入れて否定したあと、何かに気づいたらしくサディードはにやりと笑って逆襲してきた。

「なぜそう思った？」

今度は冬真が言葉に詰まる番だった。顔をそむけたが、追及をやめてはもらえない。

「答えろ。媚薬を使ってもいないのに、使っているんじゃないかと思ったのはどうしてだ？」

「あっ、ぁあ！」

耐えきれずに悲鳴がこぼれる。感じやすいしこりを指でぐりぐりと押されるせいだ。

「やっ……やめろ、そこ、は……ぁはぅ！　く……‼」

「どうして媚薬を使われていると思ったんだ、冬真？　ん？」

「ひぁっ‼　やっ……ぁあぅ！　待て、言う！　言うから、ぁっ……‼」

前立腺の裏側を執拗に愛撫されて、冬真は屈服した。サディードの指が動きを止めたが、抜けてはいかない。白状しなければきっとすぐにまた責められる。

自分ではわかっていたが口に出すのは恥ずかしく、出た言葉はとぎれとぎれだった。

「き……気持ち、よくて……今までより、ずっと、いいから……媚薬じゃないか、って」

「ただのオイルだ。それなのになぜ、そんなに気持ちよくなったんだろうな？」

恥ずかしさをこらえて認めたのに、サディードはまだ追及してくる。さっきオイルの壜のことで謝ったのが実は悔しくて、意趣返しするつもりかもしれない。そういう意図がないとしたら、この男は基本的にいじめたがりな性格なのだろう。どんな言葉がほしいのか見当はつくけれど、意のままによがり声をあげさせられるのが悔しくて、冬真はわめいた。

「知るか！　いちいち聞くな、お前のそういうところが下手糞だと言うんだ！」

「言ったな、こいつ。よがり狂わせてやる」

そう囁いてサディードは指を引き抜き、身を起こした。

冬真は仰向けに転がされ、両脚を深く折り曲げられた。左右に開いた膝の間から、サディードが見えた。自信満々な笑いはまだいいとしても、カフェオレ色の肌よりもさらに濃い色の牡が目に入ると、さすがに顔をそむけずにはいられない。力強さを誇示するように天を向いて猛《たけ》り立ち、血管を浮き上がらせて、いつでも自分を貫ける体勢だ。

今までさんざん抱かれたのだけれど、あれが自分の中へ入るのだと改めて思うと、心臓が早鐘を打つ。顔がほてって、とてもサディードの顔を見られなかった。

「どうした、冬真？」

「う、うるさい！　別に……ぁ、あうぅ！」

貫かれた途端に虚勢はあっさり崩れ、冬真の口からは艶を帯びた悲鳴がこぼれた。

大きい。何度も抱かれてわかっていたけれど、やはりサディードは逞しすぎる。ほぐされたはずの肉が、裂けそうに引きつった。

それでいて苦痛ではない。満たされる、つながっているという感覚が強い。

圧迫感がとてつもなく強いのに、もっと奥までほしいと思ってしまう。オイルに濡れた粘膜がこすれ合う感覚が、淫らで心地よい。サディードの形に自分が拡げられていくと思うと、その快感が何倍にも増幅される。

(こんなに、感じるなんて……くそ、どうかしてる)

ちょっと悔しい。なにしろついさっき、下手糞と罵ったばかりの相手だ。声を出すまいと口を固く結び、目を閉じて顔をそむけた。けれども逞しい牡がより深く入り込んできて前立腺の裏をこすると、耐えきれない。呻き声がこぼれる。

「ん、ぅ……っ……くぅぅっ！」

侵入を受ける後孔だけでなく、こすれ合う腿の皮膚も、ふとしたはずみで胸肌に当たる乳首の感触も、気持ちいい。熱い息が顔や喉にかかると背筋がぞくぞくする。それ以上に、その息づかいの荒さがサディードもまた興奮していると伝えてくるようで、冬真の全身が熱く昂った。

根元までねじ込んでから、サディードが腰を揺すり上げ始めた。

最初は冬真の反応を見るようにゆっくりと、途中からは不意に激しく荒々しくなる。金色の髪が揺れるたび、汗が宙を飛んで煌めき、桜色にほてった自分の体に落ちる。

「ん、んんっ……く……ぁ、はぅ！　やっ、あ……あぁーっ‼」

一度声を出してしまうと、もうこらえられない。突かれ、こすられて、甘い喘ぎがとめどなくこぼれ出る。自分にこんな感覚を与えるのは、サディードただ一人だ。

両手を背に回してすがりついた。力が入って爪を立ててしまい、サディードが顔を歪める。

「冬真、痛いぞ」

そう文句を言いながらも、腰を揺するのはやめない。速く荒々しく突き上げ、あるいはゆっくりと中をかき回すように、冬真を責めてくる。

「し、知るかっ。お互い様、だ……うぅっ！」

「言ったな。痛いだけでもないだろう、こんなに硬くして、先走りをこぼしているくせに」

「……っ！」

昂りを握られ体がそりかえる。このまましごかれたら、きっとあっけなく達してしまう。けれどしごく代わりに、サディードは指を輪にして冬真自身を締めつけた。

「うぁっ！　放せ、痛い……‼」

「お互い様だ」

片手でしっかりと冬真の腰をつかみ、もう片方の手は肉茎を締めつけたまま、冬真がさっき言った台詞をそのまま返して、サディードが本格的に突き上げてきた。

凄まじい電流が腰から脳へ走り抜けた。

「やぁっ、な、何……なんだ、これっ……あぁう！」

快感が重なり合い複合し、かつてないほど体が昂る。あまりの気持ちよさに怯えて、冬真の声は引きつった。

大波が体の中でうねっている。腰が震え、脳が真っ白に光る。手足の先や髪に至るまで感じてしまって、全身が熱くとける。媚薬を使われた時でさえ、こんなに昂ったことはなかっ

た。

「と、止めろっ、待ってくれ！　おかしく、な、る……‼」

涙があふれ出し、目の前がぼやける。気持ちいい。締めつけられた肉茎が痛い。このまま続けられたら、自分はどうなってしまうかわからない。

とぎれとぎれに哀願の言葉をこぼしたが、サディードはなおも激しく突き上げてくる。

「なぜだ？　気分が悪いのか？」

笑い混じりの口調は、そうではないとわかっていてわざと訊いているのに違いない。

悔しかったけれど、抜き差しに緩急をつけて前立腺をこすられ、あるいは丸い先端で押されると、もうどうにもならなかった。背筋がそりかえり、足が宙を蹴った。

おまけに冬真の肉茎は二人の体に挟まれている。サディードが腰を揺さぶり上げるたび、こすられてしまう。計算した刺激ではないだけに、摩擦の快感は防ぎようのない不意打ちとなって冬真を襲う。

射精したいのに、指で締めつけられてどうにもならない。

「ひっ！　やっ、あ……くはぅっ‼」

「答えろ、冬真。気持ちいいのか、それともいやなのか。言わないなら……」

「ふぁうっ⁉　そ、それ、やめっ……くぅ！　頼む、やめて、くれっ。よ、よすぎて……気持ちよすぎて、変に、なるから、ぁ……‼」

「だったら一度、経験してみるといい。どうなっても面倒見てやる、安心しろ」

「ま、待て！　そんな……ひぁっ！」

快感の大波に揺さぶられる。肉茎は限界を越えて昂り、今にもはじけそうだ。

やがて、

「……ううっ……‼」

快感に耐えかねたように、サディードが呻いた。

抜けそうなほどに引いたかと思うと、今度は一気に根元まで突き入れてきた。凄まじい勢いで液体がほとばしり、冬真を満たす。熱くて粘っこくて、粘膜が焼けそうだ。

同時に、冬真を締めつけていた手が離れた。

「……‼」

自分が何か叫んだ気はするが、はっきりとはわからない。押しとどめられていた快感がはじけ、あふれ出す。

余韻で全身がまだたぎっている。覆いかぶさってきたサディードの重みが心地よい。自分がほとばしらせた液が二人の体を密着させている。甘い虚脱感が体を浸した。

「冬真……冬、真。愛している」

犬や猫を思わせる仕草で、サディードが肩口から喉元へと頭をこすりつけてきた。そんな些細な愛撫でさえ、達したばかりで敏感になっている体には、たまらなく心地よい。広い背中を撫で、金髪を指でくしけずって応える。けれどそれだけでは物足りず、頭を起こしたサディードに向かい、唇を軽く開いてキスをねだった。

瞳を笑わせ、サディードが口づけをくれた。

「んっ……ふぅ……」

鼻にかかった甘い声がこぼれた。上でも下でもつながっている、そう思うと体だけでなく心までも深く満たされた。

サディードも同じように快感を味わっているのだろう。自分の中で熱さと硬さを取り戻し始めたのが伝わってくる。顔を離してサディードが囁いてきた。

「もう一回、いくぞ。いやとは言わせない」

「三回目だな、暴発を入れると」

えらそうな言い草なので、からかってみた。サディードが頭を起こして反論してきた。少し赤面しているようだった。

「暴発と言うな。あれは小手調べだ。俺は断じて早漏ではないぞ。まだまだ何回でもできる」

体でわからせてやる――そう宣言して、サディードは突き上げてきた。

普段の堂々として傲慢な態度とは裏腹な、むきになる子供っぽさが愛おしい。冬真はサディードの背に腕を回して抱きしめた。

それから何度抱き合っただろうか。

結局サディードに抱かれている間に意識を失ったらしく、気がつけば浴場に運ばれ、サディードに背後から抱かれて湯に浸かっていた。湯に浮かんだ薔薇の彩りが目に心地よく、甘い香りが鼻孔をくすぐる。

首を曲げてサディードを見上げたら、青い瞳が微笑した。

「気持ちよさそうに眠っていたな。……綺麗に洗ってやったからありがたく思え」

「お前が？　召使いじゃなく？」

「あんな綺麗で淫らな状態の体を、他の者に触らせてたまるか。ほてって桜色になったお前の肌が汁まみれになっているのは、エロチックで実によかったぞ」

冬真は湯に浮かんでいる薔薇をつかんでサディードの顔へ投げつけた。他に言葉もあろうに、エロチックなどと言われては恥ずかしくて居たたまれない。

軽いものなので、当たったところでダメージはまったくないらしい。サディードは面白そうに笑い、冬真の顎をつかんで自分の方へねじ向けたまま仰向かせ、唇を重ねてきた。長い口づけのあと、顔が離れる。互いの唇の間に銀の糸が光った。

舌を出して唾液を舐め取るサディードの仕草は、男の色気がむき出しだ。思わず視線を逸らしたら、サディードが笑って冬真を抱きすくめた。

「お前があんなにいい顔を見せたのは初めてだ。今までの時もよがり狂わせたつもりだったが、全然違う」

「精神的な緊張やストレスがないせいだろうな」

認めるのは恥ずかしかったけれども、自分でもわかっている。心が通じ合ったことによる作用は大きい。サディードの指も舌も、言葉や眼差しまでもが心地よい。——真っ最中は、あまりに気持ちよすぎて少々つらかったが。

サディードが残念そうに唸った。

「こうと知っていたら、お前の心を得る方向で努力するのだった」

「……お前が何か努力をしたか？」

無理矢理犯されただけにしか思えない。にらんだらしっかり通じたらしく、サディードが具合悪そうな表情になって咳払いをした。それがおかしくて微笑をこぼすと、サディードも照れくさそうに笑い、そのあとぎゅっと冬真を抱きしめてきた。

「あの時は何もわかっていなかった。これほど愛おしいのに……どうしてお前を傷つけるような真似ばかりしたんだろうな。あんなひどいことができた理由が、自分でもわからない」

お前が馬鹿で傲慢だからだ、と正直な本音を言うのは、やめておいた。殊勝に反省の表情を見せているのに、追い打ちをかけたらきっと拗ねてふてくされてしまう。それに『愛おしい』という言葉ににじむ真実の響きは、冬真の心を揺さぶらずにはいない。

慈しみを込めて褐色の頬を撫でた。

「もうするな。僕も、意地を張るのはやめる。……多分」

「多分、がつくのか」

「努力はするが……そう簡単に、素直で可愛げのある性格に変われるものか」

引け目半分、開き直り半分で視線を逸らして呟いたら、指で髪を梳《す》かれて再び頬ずりされた。

「俺には今の冬真でも、充分に可愛い。身勝手でわがままな俺と、冷淡で素っ気なくて意地っ張りのお前とは、とても似合うと思わないか？」

「とてもかどうかまでは知らないが……まあ、いい勝負かもな」

「離宮にいる愛妾には暇を出した。もう、他の誰であってもだめだ。俺の気持ちを満たすことはできない。お前だけだ、冬真」

自分を見つめる青い瞳には優しさと甘さが漂っている。初めて会った日は、見つめられたら射抜かれそうな光だと思ったけれど、今は吸い込まれそうだ。

「……愛してる」

告げる言葉は自分とサディード、どちらの唇からこぼれたのだろう。あるいは両方か。

冬真はそっと目を閉じ、サディードの方に頭をもたせかけた。

エピローグ

中庭に金槌の音が響く。リンデンの幹にできた空洞に、細い鉄筋を固定しているのだ。空洞の内側は腐った部分を完全に取り除いて消毒し、保護材を塗りつけた。しかし口が開いたままにしておくと腐敗菌や虫が入り込むので、塞がなければならない。

蓋になるよう縦横に細い鉄筋を固定し、さらに金網を留めつけてから、冬真は手の甲で額や頬を拭った。汗は出る端から蒸発してしまうけれど、砂がざらつく。

それでも、日差しは強くても風があるのでしのぎやすい。日本から持ってきた作業着をやめて、アラブ服に替えたのがよかったようだ。ミシュアルに頼んで、作業に向いたアラブ服を用意してもらったら、思った以上に着心地がいい。頭布が直射日光を遮り、ゆったりした仕立てが風を通す。

「モルタルは練り上がった？」

「はい。このぐらいでいいでしょうか」

日本に比べると空気が乾燥しているので、手早い作業が必要だ。冬真は鏝《こて》を手に取り、金網に塗りつけ始めた。

「冬真」

呼びかける声がした。振り向くと、中庭へ入ってくるサディードが見えた。しかし相手をしている暇はないし、他の庭師の視線も気になる。

「あとだ、あと。見ていてもいいが、仕事の邪魔はしないでくれ。そういう約束だ」

素っ気なく言って空洞に視線を戻した。

「つれないな。王子が仕事の合間を縫ってわざわざ会いに来たんだ、少しはいい顔をしてみせろ。両思いになったらもっと甘えてくると思っていたのに」

「お前に構っていたら、モルタルが固まってしまう。リンデンの空洞を真昼の日差しに晒すわけにはいかないからな」

「やれやれ。お前に恋している限り、俺は木に嫉妬し続けなければならないらしい」

「恋とか嫉妬とか、人前で口にするな」

冬真はむすっとした口調で答えた。日本語で話しているから他の者に細かい内容までは伝わらないにしても、雰囲気はわかってしまうだろう。サディードが歩み寄ってくるのを見て、アブドゥルがさりげなく冬真のそばを離れたのがいい証拠だ。

それでも自分たちに向けられる庭師たちの視線からは、以前の嘲笑が消えて冷やかしを含んで見守る様子に変わった。サディードがちょっかいをかけに来ても、仕事の邪魔だけはさせないのがよかったのかもしれない。ファティマのそそのかしに乗った時に、途中でリンデンのことを思い出して本当によかったと思う。

サディードがじっと自分を見つめている。照れ隠しに、文句を言わずにはいられない。

「まったくもう……夕方まで待てないのか」

「あいにく、出かけることになった。戻るのは早くても明後日《あさって》だろう」

「えっ……」

「砂漠に鉄道を引く計画のことで各部族にあたっているが、相手は遊牧生活だからな。なかなかつかまらない相手もいる。勢力のある族長と連絡が取れたから会いに行くんだ。以前は、面倒くさいと思ったら副大臣などに任せていたんだが、冬真を見ていたら真面目に仕事に向き合おうという気になった。……職責をないがしろにしてお前に軽蔑されたくない。お前の帰国が迫っている時に離れなければならないのは惜しいが」

日本へ帰国するまであと六日になった。そんな時に二日以上留守と聞かされると心が沈む。我ながらずいぶん変わったものだと思う。以前はサディードがいなくなることを願っていたのに、今は離れるのを寂しいと感じる。だからといって自分の仕事を放り出すことはできないし、ましてサディードに行くなとは言えない。目を合わせずに鐙を使いながら、

「気性の荒い部族もいると聞いた。揉めて怪我などしないように、気をつけて行ってこい」

堅い口調でそう言うのが精一杯だった。しかしサディードはその場に立ったままだ。

「どうした？　出かけるんだろう」

「見送りのキスがまだだ」

「ばっ……馬鹿！　人前でできるか、そんなこと!!」

当然のような顔で催促されて、頬が熱くなる。サディードがにやりと笑った。

「人前でなければ構わないわけだ。で、昼の休憩はまだか？　キスだけでは見送りの挨拶には不足だ、お前の腰が抜けるまでたっぷり可愛がってやろう。アラブの衣装に身を包んだお前は魅力的だが、脱いでなめらかな肌があらわになっていく様子は、実に……」

「黙れ。それ以上聞き苦しい台詞を言ったら、口にモルタルを塗って固めるぞ」

「日本語だ、何を言っても他の連中にはわからない」

「僕が我慢できないんだ！」

どうやら出立はもっと遅い時刻らしい。すぐにも出かけるように思わされて暗い声を出したのが悔しいような、まだ一緒にいる時間があると知って嬉しいような、複雑な気分だ。木に視線を向けたまま、話しかけた。

「この前サディードが見つけた新芽が、順調に育ってきた」

「ほう？　ああ、あれか。治療がうまくいっているようだな」

こっそり盗み見ると、サディードが梢《こずえ》を見上げて微笑んでいる。野性味のある顔立ちに浮かんだ優しい笑みが目に快くて、ついつい見とれてしまいそうになる。が、サディードが振り向いたので冬真は慌ててモルタルに視線を戻し、照れ隠しに早口で言った。

「順調そうに見えてもまだまだ油断できない。だから、いったん日本へ帰国するけど、また必ず戻ってくる。国王陛下への報告書にも、治療を続けさせてくれるように書いた」

「俺からも口添えしておこう。ヨーロッパの名医が見放した木を冬真は無事に快復させたと」

「僕に特別な技能があるわけじゃない。一本一本の木にこだわる日本と、全体の景観を大事にするヨーロッパの、スタンスの違いだろう」

「謙遜するな。この木にはお前が必要だ。……そして、俺にもな」

言ったかと思うとサディードがすばやく身をかがめ、冬真の顎をつかんで唇を盗んだ。

「……こら！　何をする！」

一瞬の早技に、顔中が燃え上がりそうに熱くなる。やはりこの男の口にはモルタルを塗りつけておくべきだったか。だがサディードは楽しそうに笑っている。

「仕事が片づくまで、この俺がおとなしく待っているんだ。褒美くらいよこせ。それともいやか、俺が嫌いか？」

サディードの訊き方はずるい。そういう質問だと答えが決まってしまう。小声で呟いた。

「そんなわけ、あるか」

「なんだ？　声が小さすぎて聞こえない」

「だ、だから……」

その時、鐘の音が聞こえてきた。昼休憩の合図だ。鏝を置いて立ち上がったら、待ち構えていたという様子でサディードが手を伸ばしてくる。周囲が気にはなったが、あの傲慢なサディードが今まで我慢して待ってくれたと思うと、まあいいかという気分になった。

自分の心は決まっている。距離が離れても、会えない時間が続いたとしても、もう変わらない。枯死寸前だったリンデンが新しい芽を吹いたのと同じように、すれ違いで壊れかけた心は元に戻り、誤解を重ねて切れかけた絆《きずな》は、より強くつながった。だからきっとうまくいく。

「好きだ」

囁いて、冬真は自分からサディードの背に腕を回し唇を重ねた。風がリンデンの枝を揺らす音が、耳に心地よかった。

あとがき

こんにちは。矢城米花です。『熱砂の王子の不機嫌な愛情』を手にとってくださって、ありがとうございます。

アラブ物はこれで三作目です。一作目は基本に忠実な王道を目指し、二作目では前作に盛り込めなかったオークションシーンを書きました。実際にはオークションよりも、その前段階であるショーに力が入ってしまいましたが。

今回の『熱砂の王子の不機嫌な愛情』は、

「そういえば今まで、砂漠をさまよう受を書いてなかったなぁ……」

と、思い立ってできた話です。実際には、さまようシーンは極めて短く、媚薬でHとか拘束具でHとか、そっち方面にばかり力が入ってしまいましたが。……だってそっちの方が書いてて楽しいし。

以前テレビ番組で、昼ドラによくある展開のまとめとして、

「ヒロインのライバルからのいじめは、半端ない（タワシコロッケとか）」

「男の家は金持ちだが、どんな仕事かは不明。無闇にパーティーが開かれる」

「ヒロインはいったん身を引き、男はライバル女と婚約する」

など多くの項目を列挙したのが自分のツボに入り、大笑いした覚えがあります。

この手の『お約束』満載な話を料理するのを、ぜひまたやってみたいですねえ。アラブ物のお約束って、あとは何が残ってたか、あるいは、アラブ以外で『お約束』がいっぱいのジャンルは何か……「こんな展開があるよ！」とお思いの方、教えてくだされば嬉しいです。チャンスがあれば、自分なりの調理法に挑戦したく思っています。


陸裕千景子先生、美しいイラストと、おまけページをありがとうございました。キャラララフについていたおまけカットもすごく可愛かったです。また、担当S様をはじめ、この本の刊行にご尽力いただいたすべての方に、厚くお礼申し上げます。

そしてこの本を読んでくださった貴方に、心から感謝しています。


またお会いできますように。

矢城米花　拝

お前が帰国したらしばらくは遠恋か…
俗な日本語を知っているな
…えん…
冬真
何だ?
俺は生涯お前だけを愛する
…ああ
お前以外など考えられないから離宮の妾も皆帰した
ああ
その事に未練など
本当の本当に
わかった
だがしかし俺は健全な成人男子であって健康で若いゆえに肉体の欲求を抑えるのは困難であって
つうか我慢する事の方が不健全じゃね?て感じであって
くどくど
だから何が言いたい…
はっ
あー…僕の不在中なら申し訳ないが自分で処理を…
カァァ
そのやり方がわからんのだ!!
十一才以来だぞ!? そんな昔の事など記憶の彼方で思い出せるか!!
なっ…
開き直るな!!
だから!
今ここでお前が一人でやって見せてくれ
それをこの目に焼き付けて参考にするから
て言うかオカズにする
ボゴッ
ギャッ
こういうのツンデレと言うのだろう?
ヒリヒリ
知ってる!!
編とは関係のないフィクションです

矢城米花先生、陸裕千景子先生へのお便り、
本作品に関するご意見、ご感想などは
〒101-8405
東京都千代田区三崎町2-18-11
二見書房　シャレード文庫
「熱砂の王子の不機嫌な愛情」係まで。

本作品は書き下ろしです

CHARADE BUNKO

熱《ねっ》砂《さ》の王《おう》子《じ》の不《ふ》機《き》嫌《げん》な愛《あい》情《じょう》

【著者】矢《や》城《しろ》米《よね》花《か》

【発行所】株式会社二見書房
東京都千代田区三崎町2-18-11
電話　03(3515)2311［営業］
　　　03(3515)2314［編集］
振替　00170-4-2639
【印刷】株式会社堀内印刷所
【製本】ナショナル製本協同組合

落丁・乱丁本はお取り替えいたします。
定価は、カバーに表示してあります。

ISBN978-4-576-11008-0

http://charade.futami.co.jp/